La razón de estar contigo.
La historia de Ellie

La razón de estar contigo.
La historia de Ellie

W. Bruce Cameron

Traducción de Carol Isern

Rocaeditorial

Título original: *A Dog's Purpose. Ellie's Story.*

© 2015, W. Bruce Cameron

Guía del lector: © Tor Books, 2015

Primera edición: mayo de 2019

© de la traducción: 2018, Carol Isern
© de esta edición: 2019, Roca Editorial de Libros, S. L.
Av. Marquès de l'Argentera 17, pral.
08003 Barcelona
actualidad@rocaeditorial.com
www.rocalibros.com

Impreso por Liberdúplex, s. l. u.
Sant Llorenç d'Hortons (Barcelona)

ISBN: 978-84-17167-06-6
Depósito legal: B. 9095-2019
Código IBIC: FA

RE67066

1

*L*o primero que recuerdo es el olor de mi madre y el sabor de la leche.

Tuve que luchar para llegar hasta ella, pelearme con mis hermanos y hermanas para conseguir la leche y, así, poder llenar el estómago. Me apretujé y empujé con mis débiles patas, avanzando lentamente, hasta que conseguí sentir el cálido dulzor en la lengua.

Al cabo de pocos días, abrí los ojos y vi el rostro marrón oscuro de mi madre y la manta azul claro encima de la cual estaba tumbada. Aunque, eso sí, al principio lo veía todo borroso.

A veces, cuando me sentía sola, tenía frío o me encontraba perdida, lloriqueaba y me apretaba contra mi madre. Mis hermanos y mis hermanas siempre se confundían y creían que mi lloriqueo era una señal de debilidad. Y entonces me saltaban encima. Eran siete, todos de color marrón con marcas blancas. No conseguía comprender por qué les resultaba tan difícil darse cuenta de quién mandaría ahí.

Cuando mi madre dejara de hacerlo, sería yo

quien lo haría. En mi opinión, yo era el cachorro más inteligente.

A menudo venía a vernos una mujer de manos suaves y de voz delicada. El primer día que lo hizo, mi madre le gruñó; fue solo un poco, pero la mujer procuró no acercarse demasiado. Pero más adelante mi madre pareció cambiar de opinión y decidió que no pasaba nada si esa mujer nos cogía, nos acariciaba y nos estrechaba contra ella.

Desprendía un olor interesante. Olía a algo limpio (a una especie de jabón), a algo delicioso (eso era comida) y a algo que era solamente suyo. No me molestaba que me cogiera…, o no demasiado. Aunque lo cierto es que me sentía aliviada cada vez que volvía a dejarme con delicadeza sobre la manta, al lado de mi madre.

A veces también bajaba un hombre a vernos y traía un plato de comida y un cuenco de agua para mi madre. ¡Qué agua! La primera vez que me acerqué a ese cuenco para olerlo, uno de mis hermanos me dio un empujón por detrás y caí de cabeza dentro del recipiente.

¡Qué frío! Se me metió el agua por el hocico y me empezaron a escocer los ojos. Y cuando me puse a lloriquear para que mi madre supiera que necesitaba ayuda, también me entró agua por la boca. Necesité todas mis fuerzas para salir de ese escurridizo cuenco y poder sacudirme el pelaje hasta dejarlo limpio y seco. A partir de entonces me mantuve tan lejos como pude de aquel recipiente. Por su parte, mi hermano, a pesar de que estaba claro que todo había sido por culpa suya, se comportaba como si no hubiera pasado nada.

Al cabo de unas cuantas semanas, cuando ya tenía más fuerza en las patas, ese hombre bajó las escaleras con una cosa grande y marrón. Dejó esa cosa en el suelo, cogió con delicadeza a uno de mis hermanos y lo metió dentro.

—A la caja, amiguito —dijo—. No te preocupes. No será por mucho tiempo.

Mi hermano lloriqueó. ¡Yo podía oírlo, pero no podía verlo! Nos pusimos todos a lloriquear y a ladrar mientras el hombre nos iba cogiendo uno a uno y nos depositaba en el mismo lugar en el que había puesto a mi hermano: en la caja.

Era como estar en una habitación diminuta, con un suelo y paredes y una cosa suave y resbaladiza. Mis pequeñas uñas se deslizaban encima de esa cosa. Y todavía resbalaron más cuando el hombre levantó la caja del suelo.

Mis hermanos y mis hermanas trepaban los unos encima de los otros intentando averiguar qué estaba sucediendo. Yo me subí encima de dos de mis hermanas y apoyé las patas en el borde de la caja para mirar fuera. El hombre estaba subiendo las escaleras, y mi madre trotaba tras él. Eso me hizo sentir mejor. No podíamos ir a ningún sitio peligroso si mi madre venía con nosotros.

—Epa, adentro, chica —dijo el hombre—. No vayas a caerte fuera.

Con delicadeza, me apartó las patas del borde de la caja y fui a parar encima del mismo idiota de hermano que me había hecho caer dentro del cuenco de agua, que se puso a mordisquearme el pie hasta que lo aparté.

Al cabo de un rato, el hombre dejó la caja en el suelo y, de uno en uno, él y la mujer nos fueron sacando fuera.

Estábamos en un lugar increíble. Se llamaba «Fuera». La luz fue lo primero que noté. Era tan brillante que estuve sin poder ver nada durante unos minutos. Además, percibía una cosa extraña bajo los pies, algo suave y mullido, como la manta, pero que pinchaba un poco. ¡Hierba! La mordisqueé, para demostrar quién era el jefe. Pero ella no me mordió, así que imaginé que la disputa había terminado. Yo mandaba.

¡Y los olores! Ya conocía los olores de mi madre y de mis hermanos y hermanas, así como de la manta en la que vivíamos y de la mujer y del hombre que venían a visitarnos. Pero ahora el aire se movía, me envolvía y se me colaba en el hocico con un millón de olores que yo no era capaz de distinguir. Me quedé quieto, con el hocico alto en el aire, intentando averiguar dónde estaba.

La hierba tenía un olor punzante y fresco. Y había otro olor por debajo de ella: oscuro, denso y fuerte. Era el olor de algo que parecía perfecto para cavar. El aire me trajo otros olores lejanos: de algo humeante y sabroso procedente del interior de la casa, de otra cosa dulce que venía de los arbustos que había al lado, de algo penetrante, agrio y apestoso que se movía muy deprisa al otro lado de la valla de madera.

El olor de una cosa misteriosa, peluda y viva, como yo.

Era el de un perro adulto que estaba dentro de una jaula. Mi madre se acercó trotando a él y juntaron los hocicos entre la malla metálica. Supe que ese otro perro era un macho, como mis hermanos, y me di cuenta de que era importante para Madre. No sabría decir cómo, pero supe que aquel perro era mi padre.

—Parece que todo irá bien con los cachorros —le dijo el hombre a la mujer.

—¿Vas a portarte bien, Bernie? ¿Quieres salir?

Mi padre se llamaba Bernie. La mujer abrió la jaula. Él salió de un salto, nos olisqueó y luego se fue a hacer pis a la valla.

Todos corrimos tras él, cayéndonos a cada paso, pero volviéndonos a levantar de inmediato. Bernie bajó la cabeza y uno de mis hermanos saltó y le mordió las orejas. ¡Qué falta de respeto! Pero no pareció molestarle. Se limitó a agitar la cabeza y mi hermano salió disparado y rodó por el suelo.

Algunos de los otros cachorros entendieron que eso era una invitación y saltaron encima de Bernie. Él tumbó a algunos al suelo con suavidad, olisqueó a los demás y luego se acercó a mí.

Yo no le mordisqueé ni le salté encima, solo me quedé de pie. Pero él bajó el hocico y me olisqueó por todas partes. Luego me puso una pata encima, solo porque sí.

Sabía que no debía presentarle batalla. Quizá yo mandaba sobre mis hermanos, aunque puede que algunos de ellos pensaran cosas raras al respecto. Pero este perro padre, al igual que mi madre, mandaba por encima de mí. Permití que me aplastara sobre la suave y punzante hierba, que me inmovilizara durante unos cuantos segundos. Luego se alejó de mí y se acercó al hombre, que le acarició la cabeza y le rascó detrás de las orejas.

Después íbamos a Fuera cada día. Averigüé que esa cosa oscura y fascinante que había debajo de la hierba era tierra. Y también aprendí de qué forma evitar que mis hermanos y hermanas adoptaran ideas equivocadas sobre mí. Siempre me saltaban encima, o venían corriendo desde lejos y se abalanzaban sobre mí, así que yo tenía que enseñar los dientes y revolcarme con ellos hasta quedar encima. Luego me alejaba de ellos y buscaba la oportunidad de saltarles encima.

Era curioso que no aceptaran que yo era el jefe. Se peleaban y forcejeaban e intentaban aplastarme con sus diminutas patas, igual que Bernie había hecho con su cachorro más grande. Pero no se trataba ni de Padre ni de Madre, así que yo no se lo permitía nunca. Aun así, no dejaban de intentarlo.

A veces, Bernie también jugaba un poco con nosotros, y la mujer salía y nos traía unas cosas que tenían un olor curioso para que las mordisqueáramos.

—Aquí tenéis vuestros juguetes, cachorros —nos decía.

Un día, un hombre nuevo vino al patio. Ese tipo tenía otras ideas sobre lo que era jugar. Lo primero que hizo fue dar una fuerte palmada con las manos, y uno de mis hermanos soltó un chillido y corrió hasta mi madre. Otros de mis hermanos y hermanas retrocedieron al verlo; uno de ellos se puso a lloriquear. Yo también me sobresalté, pero algo me decía que no había ningún peligro. El hombre cogió a los que no parecíamos asustados, nos metió en una caja y nos llevó a otra zona del patio.

Luego nos fue sacando de la caja uno a uno. Cuando llegó mi turno, me dejó en la hierba, se dio la vuelta y se alejó caminando, como si se hubiera olvidado de que yo estaba ahí. Lo seguí con curiosidad, para saber qué haría a continuación.

—¡Buena perra! —me dijo.

¿Buena perra, solo por seguirlo? Ese tipo era un mequetrefe.

Entonces se sacó una cosa del bolsillo. La abrió y me envolvió con ella.

—Venga, chica. A ver si sabes salir de la camiseta —dijo.

Yo no tenía ni idea de qué era lo que estaba pasando, pero no me gustaba. Ese algodón blanco estaba por todas partes, era como si me encontrara envuelta en una manta. Intenté luchar contra ella, demostrarle quién mandaba, igual que hacía con mis hermanos y hermanas, pero no se fue. Seguía pegada a mí, por toda mi cara y por todo mi cuerpo.

Intenté caminar, pensando que me podría escapar de ella. La camiseta caminó conmigo. Gruñí y sacudí la cabeza con fuerza. Eso ayudó un poco: la ropa se me cayó de la cara y pude ver un destello de hierba verde cerca de mi cola.

¡Mi cola! ¡Eso era! La manera de salir de esa cosa era retrocediendo, así que eso fue lo que hice mientras sacudía la cabeza para quitarme la camiseta de encima. Al cabo de pocos segundos, conseguí salir fuera. El hombre estaba cerca, así que corrí hasta él para recibir más felicitaciones.

La mujer había salido al patio para mirar.

—La mayoría tarda uno o dos minutos en encontrar la manera, pero esta es muy lista —comentó el hombre.

Se arrodilló, me cogió y me tumbó sobre la hierba panza arriba. Yo me revolví. No era justo. ¡Él era mucho más grande que yo!

—Eso no le gusta, Jakob —dijo la mujer.

—A ninguno le gusta. La cuestión es si parará de revolverse y me dejará ser el jefe o si continuará luchando. Debo tener un perro que sepa que yo soy el jefe —le dijo el hombre a la mujer.

Oí que pronunciaba la palabra «perro» y no me pareció que estuviera enojado. No me estaba castigando. Pero sí me estaba inmovilizando. Era como cuando Bernie me había aplastado contra la hierba el primer día en que lo conocí. Y este hombre era más grande que yo, igual que Bernie. Quizás eso significaba que era él quien debía ser el jefe, al igual que lo era Padre.

Fuera como fuera, no sabía a qué clase de juego estábamos jugando, así que me relajé. Dejé de revolverme.

—¡Buena perra! —volvió a decir él.

Ese hombre, que supuse que se llamaba Jakob, estaba claro que tenía unas ideas extrañas sobre cómo jugar con un cachorro.

Luego se sacó una cosa blanca y plana del bolsillo

y la arrugó. ¡Al hacerlo, esa cosa hizo un ruido fascinante! Deseaba verlo mejor... Es más, deseaba poder probarlo. ¿Qué era esa cosa nueva?

—¿Lo quieres, chica? ¿Quieres el papel? —preguntó Jakob.

¡Lo quería! Me lo acercó a la cara y me lancé a por él intentando cogerlo con los dientes, ¡pero no podía! Mi boca era demasiado pequeña; movía la cabeza demasiado despacio. Luego el hombre lanzó esa cosa al aire y yo corrí tras ella. ¡Salto! Aterricé encima sujetándola con las dos patas delanteras y me puse a mordisquearla. ¡Ja! ¡Intenta cogérmelo ahora!

Tenía un sabor interesante, pero no era tan bueno como había pensado. Había sido más divertido mientras se movía. Se lo llevé al hombre y lo dejé caer a sus pies. Luego apoyé el trasero en el suelo y meneé la cola, esperando que pillara la pista y volviera a lanzar aquella cosa al aire.

—Esta —dijo Jakob—. Me quedo con esta.

2

Jakob me cogió y me llevó fuera del patio. Yo estaba fascinada. Fuera era más grande de lo que había creído. ¡No se terminaba nunca!

Delante de la casa pasaban corriendo unas cosas a toda velocidad que hacían mucho ruido y que olían a metal y a humo y a otros olores desagradables y penetrantes. No tenía ni idea de qué eran, pero estuve segura de que resultaban muy peligrosas. Jakob abrió la parte trasera de una de ellas. Al verlo, sollocé y me apreté contra su pecho.

—No pasa nada, chica —dijo Jakob—. Solo vamos a hacer un rápido viaje en la camioneta. No te preocupes, ¿vale? Solo es un coche.

El tono de su voz era tranquilizador, pero me sentía muy inquieta. No quería ir a ningún lado en nada que tuviera ese olor.

Allí había algo que parecía una caja, pero de metal, al fondo de la camioneta. Jakob la abrió con una mano; con la otra, me empujó con suavidad hacia dentro de ella.

Y entonces me dejó allí. ¡Me dejó!

Eso no estaba bien. Sin duda.

Por supuesto, no me gustaba la idea de que me apartaran de mi madre y de mis hermanos y hermanas, pero algo me decía que así era como tenían que ser las cosas. Se suponía que los perros debían estar con la gente. Jakob sería mi familia a partir de ahora.

¡Pero eso significaba que Jakob debía estar conmigo! ¡No debía marcharse y dejarme dentro de una fría caja metálica al fondo de una apestosa camioneta!

Me puse a ladrar. Me puse a lloriquear. Hice todo lo posible para hacerle saber a Jakob que había cometido un error y que debía regresar. Pero no debió de oírme, puesto que no vino a sacarme de la caja. Oí un fuerte golpe y luego la caja metálica se puso a temblar. Nos estábamos moviendo. Era como cuando nos llevaron al patio en esa caja: mi cuerpo iba de un lado para otro. ¡Eso no me gustaba nada en absoluto! La camioneta rugía y gemía, y yo estaba convencida de que se me iba a comer. ¿Dónde estaba Jakob?

Debió de oír mis frenéticos ladridos, porque, finalmente, Jakob regresó y me sacó de la caja en cuanto la camioneta dejó de moverse.

—No ha sido tan terrible, ¿verdad, chica? —me dijo.

Después de lo que nos acababa de pasar, su jovialidad me pareció algo horrible. Pero, a pesar de ello, estaba tan agradecida de que hubiera regresado que no le guardaba ningún rencor, y descansé contra su pecho mientras me llevaba en brazos escaleras arriba hasta mi nueva casa.

Allí había mucho terreno para explorar. Una cocina, llena de olores fascinantes y de pequeñas puertas que no pude abrir por mucho que lo intentara. Un salón, con un sofá que olía igual que Jakob y una caja que, a veces, emitía ruidos. También había un balcón, donde me sentaba con Jakob a mirar las casas, los patios, los árboles y esas cosas parecidas a la camioneta que corrían y hacían tanto ruido.

Había un dormitorio, con una cama grande que también tenía el olor de Jakob. El primer día intenté subirme encima, pero Jakob me hizo bajar con firmeza.

—No, chica. Tu cama es esa —me dijo, mostrándome una cosa redonda, suave y peluda que había en el suelo.

El tacto era parecido al de la manta sobre la que había dormido con Madre y mis hermanos, pero no desprendía el mismo olor. El olor de esa cosa era frío y vacío.

Pero lo que más me gustaba era el parque. El primer día, Jakob me llevó allí más de una vez. Estaba lleno de esa mullida hierba sobre la que era tan divertido correr. Me lanzó unos cuantos palos para que corriera a buscarlos. Luego se sacó una cosa pequeña y redonda del bolsillo, y también la tiró al aire. Corrí a buscarla y tuve que esforzarme para poder sujetarla con mis pequeños dientes.

Mientras lo hacía, un animal pequeño pasó a toda velocidad por delante de mí agitando la cola de manera extraña. Dejé caer la pelota de inmediato y corrí tras él. ¡Eso era mucho más divertido!

Era obvio que ese animal estaba hecho para ser perseguido. Corrió en zigzag por la hierba y se dirigió hacia un árbol. ¡Y, para mi sorpresa, subió por el tronco! Intenté hacer lo mismo, pero me caí de espaldas al suelo. El animal se sentó en una rama muy alta y empezó a reírse de mí mientras yo daba vueltas al árbol y ladraba de frustración. ¿Por qué mis patas no me permitían subir? ¡Ese pequeño animal lo había hecho con gran facilidad!

Jakob vino a sentarse a mi lado y me rascó la cabeza.

—No te rindas, chica —me dijo—. Nunca te rindas. Bueno, no puedo seguir llamándote «chica». Elleya. —Me pregunté de qué estaría hablando—. Es «alce» en sueco. Ahora eres una pastora sueca. —Sabía que me estaba hablando a mí, así que meneé la cola, a pesar de que sus palabras no tenían ningún sentido—. Elleya, Elleya —dijo, apartándose un poco de mí—. Ven Ellie, ven.

Muy pronto aprendí a reconocer esa palabra: «ven». Era una de las preferidas de Jakob. Cuando la pronunciaba, a veces me acercaba para ver qué estaba pasando y entonces él me acariciaba y me daba una cosa muy sabrosa que tenía en la mano. «Ven» significaba felicitación y premio, así que muy pronto empecé a acercarme cada vez que lo decía. Pero mis palabras favoritas eran «¡buena perra!». Siempre significaban que me acariciaba hasta que me hacía temblar de pies a cabeza de felicidad. Sus manos olían a aceite y a la camioneta y a papeles y a otras personas.

Jakob nunca parecía enojarse por nada, ni siquiera

cuando mi pequeña vejiga decía que estaba llena y lo soltaba todo de golpe. El día que conseguí salir fuera antes de que sucediera nada, él me felicitó de tal manera que decidí intentar hacerlo tanto como me fuera posible, puesto que eso parecía hacerlo tan feliz.

Yo deseaba hacer que Jakob fuera feliz. Pero no sabía muy bien cómo.

Él siempre era paciente conmigo. Me acariciaba y me decía «buena perra» y parecía que le gustaba tenerme cerca. Pero yo me daba cuenta de que no se sentía feliz. Si no me sacaba a pasear, se pasaba casi todo el tiempo en el sofá. A veces encendía la caja parlanchina; en ocasiones, simplemente se quedaba tumbado mirando el techo. Pero si yo me acercaba y le daba un golpe con el hocico en la mano, él me acariciaba un poco la cabeza; pero nunca durante mucho rato. Entonces yo soltaba un suspiro y me tumbaba a su lado. Pensaba que quizá se sentiría mejor si me dejaba subir al sofá con él, pero pronto me di cuenta de que eso no era posible.

La primera noche que pasamos juntos, Jakob estuvo mirando esa caja ruidosa hasta que bostezó y se fue al dormitorio. Yo lo seguí. Cuando se hubo quitado la ropa, se metió en la cama. Me pareció tan cómoda que, al instante, me subí con él. Tuve que esforzarme para dar un salto tan grande, así que pensé que iba a felicitarme y a darme un premio.

Sin embargo, en lugar de eso, Jakob bajó de la cama y me llevó al círculo peludo que había en el suelo.

—Esta es tu cama —me dijo—. Tuya, Ellie.

Y se fue a dormir. Me di cuenta de que no quería que yo estuviera con él, ahí arriba, pero ¿por qué? ¡Si había mucho sitio! Mi cama era cómoda, pero me sentía sola. Estaba acostumbrada a dormir con mi madre y con mis hermanos y hermanas. Eso no era lo mismo. Me puse a lloriquear para que Jakob supiera que algo no iba bien.

—Te acostumbrarás, Ellie —oí que decía desde la cama grande—. Todos tenemos que acostumbrarnos a estar solos.

Al cabo de un tiempo, me tranquilicé, pero eso no significaba que me gustara. De vez en cuando, intentaba colarme bajo las sábanas con Jakob. Entonces, no me gritaba ni me empujaba, pero tampoco permitía que me quedara. Al cabo de unos minutos, volvía a estar en mi cama. Así pues, al final, decidí que era más sencillo quedarme allí.

Durante unos días, Jakob estuvo en casa conmigo todo el tiempo. Pero llegó una mañana en que se puso unas ropas diferentes (todas ellas de un color oscuro) y se ciñó un pesado cinturón del cual colgaban unas cosas.

—Tengo que ir a trabajar, Ellie —me dijo—. No te preocupes. Regresaré pronto a casa.

Y se fue.

Eso no me pareció bien. No me había gustado que me hubiera dejado sola en la camioneta, pero al final había regresado. Lo recordaba. También esta vez regresaría, así que me dispuse a esperarlo.

Esperar era muy difícil.

Me tumbé en mi cama un rato, pero luego me colé bajo las sábanas de Jakob. Tenían su olor, lo cual resultaba reconfortante. No obstante, al cabo de un rato empecé a sentirme inquieta y fui al salón para poder mirar por la puerta de cristal que daba al balcón. Quizá pudiera ver a Jakob desde allí.

No lo vi.

Olisqueé los cojines del sofá. Tenían el olor de Jakob. Estuve mordisqueando uno de los huesos de goma que él me había dado. Era raro mordisquear algo que tenía tan poco sabor, pero mis dientes querían morder alguna cosa, y Jakob decía «buena perra» cada vez que hacía eso. Así pues, lo mordisqueé y estuve esperando un rato más.

Pero Jakob no regresaba.

Quizás esta vez se hubiera olvidado de mí. ¡O tal vez le había sucedido algo malo! ¡Quizás estuviera herido y no pudiera regresar! ¡Tal vez me necesitaba! ¿Cómo podía ir a buscarlo si estaba encerrada? Empecé a dar vueltas de un lado a otro delante de la puerta, gimoteando.

De repente, el cerrojo de la puerta hizo un ruido y me sobresalté. La puerta se abrió. ¡Jakob! ¡Había regresado!

—¡Eh, hola, cariño! —exclamó.

No era Jakob.

Era una mujer. Entró como si esa fuera su casa, se sentó en el suelo y alargó las manos hacia mí.

—Vale, vale, cariño, no te preocupes. Soy Georgia. Estoy aquí para sacarte a la calle. Oh, eres una monada. ¡Eres una monada! Te llamas Ellie, ¿verdad? Eres Ellie Mimosín. Ven, Ellie, cariño, ven con Georgia.

Yo conocía la palabra «ven». ¿Esa mujer era como

Jakob? ¿Quería que me acercara a ella? Finalmente, lo hice. Ella me felicitó y me acarició.

—Buena chica, Ellie. Buena chica.

Georgia me enganchó la correa al collar y me llevó al parque.

Así que decidí que Georgia me caía muy bien.

Se reía cuando me ponía a perseguir a esos pequeños animales peludos. Me acariciaba mucho, pasándome las manos por todo el pelaje y diciéndome un montón de palabras. Ninguna de ellas tenía ningún sentido excepto «Ellie» y «ven», pero me gustaba oírla. Ella se alegraba de verme. Se alegraba de estar conmigo. Se alegraba de una manera que Jakob desconocía.

Pero luego Georgia también se marchó. Me llevó de regreso al apartamento, me acarició la cabeza, me dio un beso entre las orejas (¡desde luego, Jakob nunca hacía eso!) y salió por la puerta.

¡Qué gente! ¿Por qué no comprendían que un perro tenía que estar con los seres humanos? Y no abandonado, ahí, en un apartamento. No masticando un hueso de goma insípido. Intenté dormir y mordisquear mi hueso, pero estuve casi todo el tiempo dando vueltas por la casa y lloriqueando de frustración hasta que oí la puerta otra vez y Georgia apareció para sacarme a la calle de nuevo. Finalmente, cuando creí que ya no podría aguantarlo más, Jakob regresó a casa.

Corrí hasta él tan emocionada que me puse de pie sobre las patas traseras.

—¡Baja! —me dijo él con severidad y empujándome al suelo.

De todas las palabras que había oído hasta ese momento, «baja» era una de las que menos me gustaba. Pero luego me acarició y me rascó detrás de las orejas, suspiró al ver un charco en el suelo, me sacó al parque y volvió a llevarme a casa para darme de cenar. Después de eso, se fue a dormir a la cama grande mientras yo me enroscaba, sola, en la mía.

Así eran las cosas hasta que empezamos a «trabajar».

—Vamos a trabajar —dijo Jakob un día.

Entonces ya era un poco mayor. Georgia había empezado a venir solamente una vez al día para sacarme a pasear mientras Jakob estaba fuera. Él parecía tan tranquilo como siempre, pero me di cuenta de que había algo detrás de esa tranquilidad, una especie de excitación. «Trabajar» debía de ser una cosa importante.

Al principio, solo eran más palabras.

Yo ya era muy buena con «ven».

Pero ahora Jakob me sacó al parque y me enseñó «tumbada», que significaba que debía dejarme caer al suelo. Y también me enseñó «quieta». Eso era difícil. Yo hacía «tumbada» y entonces Jakob se alejaba de mí, como si se hubiera olvidado (¡otra vez!) de que mi obligación era estar cerca de él. Pero debía quedarme ahí, con la barriga sobre la hierba, hasta que oía «¡ven!». Entonces salía corriendo hacia donde él estuviera. Tardé un tiempo, pero al final conseguí ser buena con «quieta». Me di cuenta de que Jakob estaba contento, cosa que me alegró.

Él no me quería como lo hacía Georgia. No se sentía feliz solo por verme. Pero sí se sentía feliz cuando hacíamos «trabajar» juntos. Así pues, en ese mismo instante, decidí que sería muy muy buena con lo de «trabajar».

Si eso hacía a Jakob un poco más feliz, eso era lo que yo debía hacer.

Sea como sea, me seguía encantando que Georgia viniera a verme y que me llamara Ellie Mimosín.

Cuando ya hube aprendido a hacer bien todas las palabras, «trabajar» cambió. Jakob me llevó a otro sitio. Allí había muchísimos árboles y estaba lleno de esos pequeños animales que me distraían: por entonces, ya sabía que se llamaban «ardillas». Pero puse todo mi empeño en quedarme cerca de Jakob y esperar con paciencia a que él me enseñara qué tipo de «trabajar» íbamos a hacer.

Un poco más lejos, un hombre que iba en un coche se detuvo y se acercó caminando hasta nosotros mientras nos saludaba con la mano.

—¡Eh, hola, Jakob! —llamó en tono alegre.

—Wally —dijo Jakob, asintiendo con la cabeza.

—¿Esta es la nueva perra?

—Es Ellie.

Wally se agachó para acariciarme.

—Eres una chica grande, ¿eh, Ellie? ¿Vas a hacerlo bien?

—Creo que sí —dijo Jakob en voz baja—. Vamos a verlo.

Y entonces Wally hizo una cosa rara. De repente salió corriendo.

—¿Qué hace, Ellie? ¿Adónde va? —preguntó Jakob.

Miré a Wally, que me miraba por encima del hombro.

—¡Busca, Ellie! ¡Búscalo! —me dijo Jakob.

Por el tono de su voz, supe que era algo nuevo que debía aprender. Pero no estaba muy segura de qué hacer. Tenía que ver con Wally. Allí estaba ese hombre, haciendo señales frenéticamente. Empecé a ir hacia él. ¿Correcto? ¿Era eso lo que Jakob quería que hiciera?

Wally vio que me acercaba y se dejó caer al suelo a cuatro patas. Se puso a dar palmadas, sonriendo. Cuando llegué a su lado, me mostró un palo. ¡Me encantaban los palos! Lo cogí de inmediato, pero Wally continuaba sujetándolo para que pudiéramos jugar a tirar. ¡Eso era muy divertido! Mucho mejor que «tumbada» y «quieta».

Entonces se puso en pie y se sacudió las rodillas.

—Mira, Ellie. ¿Qué está haciendo? ¡Busca! —dijo Wally.

Miré a mi alrededor. ¿«Busca» no significaba que debía ir con Wally? ¡Pero si yo ya estaba al lado de Wally! ¿Qué se suponía que debía hacer?

Jakob se estaba alejando, así que corrí tras él. La verdad es que siempre prefería estar cerca de Jakob.

—¡Buena perra! —me dijo él cuando lo alcancé, y se puso a jugar con un palo.

Me sentía tan feliz que movía la cola de alegría.

Lo cierto es que pensé que el juego de «busca» era un poco soso, pero parecía que a Wally y a Jakob les gustaba, así que estuvimos jugando un rato más esa misma tarde. Estaba dispuesta a hacerlo por Jakob, especialmente si eso significaba que jugaríamos a «tirar-del-palo». Eso, para mí, era infinitamente mejor que «busca a Wally».

Estaba haciendo «trabajar», y lo estaba haciendo bien. Jakob me decía que era una buena perra. Aquel juego de «busca» era importante para él, por lo que me esforzaría por hacerlo lo mejor posible. Quería ser una buena perra para Jakob. Incluso soñaba con «busca a Wally». Y eran sueños felices.

Sin embargo, a veces tenía una pesadilla sobre un chico que se llamaba Ethan. En la pesadilla, el chico estaba nadando en un agua fría y verde; entonces, de repente, desaparecía bajo la superficie. Al verlo, me atenazaba el miedo. Soltaba un ladrido y me tiraba al agua a por él, con los ojos y la boca abierta, esforzándome para alcanzarlo. Pero el chico continuaba hundiéndose, hundiéndose, hundiéndose hasta que quedaba fuera de mi alcance.

Muchas veces me despertaba de esa pesadilla jadeando y empezaba a dar vueltas por la casa olisqueando.

Ese sueño me parecía real. Quiero decir que sentía que había sucedido de verdad.

¿Por qué continuaba teniendo ese sueño?

3

*J*akob me llevaba al parque casi cada día. Wally siempre estaba allí. A veces también venía Belinda, una amiga de Wally.

El juego de buscar se fue haciendo más y más difícil. Wally corría más deprisa, o empezaba a correr desde más lejos, o se escondía detrás de un árbol o de un arbusto. Pero no conseguía engañarme. Yo siempre lo encontraba. Y eso siempre me proporcionaba felicitaciones, caricias y un buen combate con el palo. El palo era la mejor parte, a mi parecer.

Un día, las reglas cambiaron. Busca a Wally se hizo más difícil que nunca.

Jakob y yo estábamos en el parque, pero Wally no se encontraba allí. Quizá Jakob iba a lanzarme un palo. No solía hacerlo cuando hacíamos «trabajar», pero cuando me sacaba a pasear por la noche muchas veces llevaba un palo o sacaba la pelota que tenía en el bolsillo.

Pero esta vez no lo hizo. En lugar de eso, me miró y dijo:

—¡Busca!

¿Qué? ¿Busca qué? Wally no estaba ahí.

¿Dónde estaba Wally, por cierto?

Empecé a olisquear el suelo. Si encontraba su olor, sin duda lo reconocería. Su sudor, su piel, el jabón que utilizaba y ese chicle de olor penetrante que le gustaba mascar: todas esas cosas se mezclaban en el olor de Wally. ¿Estaba en algún lugar por ahí cerca? Quería saberlo. Quizá tuviera un palo, puesto que no parecía que Jakob fuera a lanzarme uno.

—Buena chica, Ellie. Buena perra. ¡Busca!

¿Estaba siendo una buena perra? ¿Jakob me había dicho que era buena perra solo por ponerme a olisquear? Lo hice con mayor insistencia y di unos pasos. ¡Y allí estaba! ¡El olor de Wally! Era fuerte y estaba fresco. Wally había estado allí hacía poco.

¿Por qué se echaba a correr antes de que yo pudiera hacer «busca»? ¿Es que no sabía que no era así como se suponía que funcionaba el juego? Seguí el rastro que Wally había dejado. Jakob fue tras de mí. No volvió a decirme que era una buena perra, sino que se mantuvo en silencio, como si no quisiera distraerme. Pero me di cuenta de que estaba contento. Supuse que debía de estar haciéndolo bien.

Cerca del rastro de Wally había un olor delicioso. Era como el de un bocadillo que Jakob comía en alguna ocasión: a pan, a ternera asada, a una salsa rara y especiada (¿cómo podían comerse esa cosa los humanos?) y a una planta extraña. Sobre la hierba había el envoltorio de papel del bocadillo. Olía tan bien que empecé a salivar.

—¡Busca, Ellie, busca! —insistió Jakob.

Aparté el hocico del envoltorio de papel. Eso era «trabajar». No podía distraerme. Las reglas habían cambiado, pero el juego continuaba siendo el mismo. Debía buscar a Wally.

Así que no dejé de intentarlo ni siquiera cuando el rastro se puso difícil. Di la vuelta a un banco. Dos personas que estaban sentadas en él me sonrieron. Una de ellas, una mujer, me ofreció su mano. Noté el olor de algo en ella, de algo delicioso: de un trozo de *bagel* con crema de queso. ¡Ñam! A veces Jakob dejaba caer en mi cuenco un trozo de su *bagel* de desayuno. Y a mí me encantaba. Este también estaría bueno, así que di un paso hacia el banco.

—No, por favor —dijo Jakob, detrás de mí—. Está trabajando.

—Oh, lo siento —respondió la mujer apartando la mano.

Sin embargo, yo ya había vuelto a pegar el hocico al suelo. Los *bagels* y la crema de queso estaban muy bien, pero el juego no iba de eso. También ignoré a un tonto de perro, un cachorro de largas patas que meneaba frenéticamente la cola y que se lanzó contra mí y se puso a estirar las dos patas contra el suelo como si quisiera jugar. No era el momento. Ahora había que «trabajar» . Jakob y yo lo hacíamos juntos. No teníamos tiempo para jugar como cachorros.

Finalmente, el rastro me llevó hasta unos árboles. Noté el olor de unos perros que habían estado allí antes. Tres o cuatro de ellos habían orinado sobre una zona de hierba. Me sentí tentada de hacer mi propia contribución, par dejar constancia de mi presencia y que supieran que ese bosque no era para ellos solos.

Pero Wally estaba allí, en alguna parte. Ahora el rastro era más fuerte; empecé a ponerme nerviosa. Movía la cola. Erguí las orejas. Mi olfato nunca había estado tan ocupado. ¿Wally? ¿Wally? Estaba casi encima de él…

Y, de repente, ¡ahí estaba! El rastro me había llevado tras un árbol de tronco ancho. Al otro lado, estaba Wally, tumbado en el suelo y escondido tras una gruesa raíz.

En cuanto me vio, se puso en pie de un salto.

—¡Lo has conseguido, Ellie! ¡Me has encontrado!

—Buena chica. ¡Buena perra! —me felicitó Wally.

El palo apareció y me divertí con él, pero lo que más me gustó fue oír el tono de voz de Jakob.

—Es buena, ¿eh? ¡No he estado aquí ni siquiera diez minutos! —le dijo Wally a Jakob.

—Es buena —asintió Jakob en voz baja.

—Realmente, podría ser especial.

Jakob me rascó la cabeza.

—Creo que sí.

Después de eso, Wally no estaba nunca en el parque cuando llegábamos, y yo siempre tenía que ir a buscarlo allí donde hubiera ido. Jakob dejó de seguirme, y yo aprendí dos palabras nuevas. «¡Llévame!» significaba que debía llevar a Jakob al lugar en que hubiera encontrado a Wally: tumbado tras un árbol o sentado tras un seto. O a veces significaba que tenía que enseñarle a Jakob el lugar en que había encontrado uno de los calcetines de Jakob o su camiseta. (Ese hombre era un desastre, siempre dejaba ropa por ahí para que nosotros la recogiéramos.) No sé cómo, pero Jakob siempre sabía si yo había encontrado algo cuando regresaba con él.

—¡Llévame! —me decía.

Pero solo lo decía cuando tenía algo que mostrarle.

Ya me sentía muy cómoda haciendo «trabajar» cuando Jakob, cierto día, me llevó a un lugar nuevo. Parecía tener un parque infantil. Conocía las zonas de juegos porque había una en el parque al que íbamos por la noche. Los humanos jóvenes corrían por allí como si fueran cachorros, trepaban por escaleras, se tiraban por pendientes y volaban por el aire en unos columpios. Desde luego, era evidente que se lo pasaban bien. Pero en este parque no había niños. No comprendía cómo se suponía que debía buscar a Wally allí, porque no había ni árboles ni arbustos para que se escondiera.

Primero, Jakob me llevó hasta un tablón que estaba inclinado, con un extremo que tocaba el suelo; el otro, arriba en el aire. Lo olisqueé, pero Wally no estaba allí cerca. No notaba su olor en absoluto.

Pero resultó que había que hacer otro «trabajar» que no era «busca a Wally».

Jakob me dio un suave tirón de la correa indicándome que quería que subiera por la rampa. De acuerdo. Subí. Al otro lado había una escalera que bajaba.

Ese lado no me gustó tanto. ¿Dónde se suponía que debía apoyar las patas? Apoyé una con cuidado en la escalera. Y luego, la siguiente.

—Buena perra, Ellie. Continúa —me animó Jakob.

Estaba ansiosa por llegar al suelo, así que salté.

—No, no saltes —dijo Jakob.

No comprendí qué me había dicho, pero sí reconocí la palabra «no». Era una de mis palabras menos favoritas.

Jakob me volvió a llevar por la rampa y bajé la escalera una y otra vez. Al cabo de un rato, lo pillé: quería que pusiera un pie tras el otro, aunque esa no fuera la manera más rápida de llegar al suelo.

—¡Buena perra, Ellie!

Me encantaba ser una buena perra.

Lo siguiente que tuve que hacer fue subir por un montón de troncos. Los notaba inestables bajo las patas, cosa que me resultaba un tanto inquietante. Estaba acostumbrada a pisar hierba o tierra o la acera, o el suelo pulido y las alfombras de casa. Aquí tenía que mantener el equilibrio para pasar de un tronco a otro.

—Ven, Ellie. ¡Buena perra, Ellie!

El tono de voz de Jakob me animaba, así que continué adelante.

Y entonces llegó el tubo.

Jakob me llevó hasta él y yo lo olisqueé atentamente. Continuaba sin haber ni rastro de Wally, aunque supuse que no le habría costado mucho esfuerzo meterse ahí dentro. Noté el olor de algunos perros que habían estado allí antes que yo. Aparte de eso, el único olor que percibía era el del plástico.

Jakob se fue al otro extremo del tubo.

—Ven, Ellie. ¡Ven! —gritó.

¿Ven? ¿Por el tubo?

Sabía que debía obedecer de inmediato. Cuando hacíamos «trabajar», no se podía hacer el tonto. Nada de dudar. «Trabajar» era hacer lo que Jakob decía, y hacerlo deprisa.

Pero ese tubo estaba oscuro. ¿Adónde me conduciría exactamente?

—¡Ven!

Solo hizo falta que Jakob añadiera esa palabra. Me lancé al interior del tubo. Noté las uñas de las patas delanteras clavarse en el plástico. Empujé con las traseras. Me sentía muy encerrada y hacía calor; además, el plástico tenía un olor extraño. No me gustó esa sensación. Las paredes del tubo me oprimían por todas partes. Deseé atravesarlo, salir al otro lado, llegar al lugar en que Jakob y su voz me esperaban.

Con un último empujón me encontré rodando por la hierba fresca y olorosa.

—Bien, Ellie. ¡Buena perra!

Noté las manos de Jakob por todo mi pelaje, acariciándome y rascándome. Yo jadeaba un poco. No había sido fácil, pero había hecho «trabajar».

Regresamos a aquel parque infantil muchas veces, y gané velocidad subiendo y manteniendo el equilibrio y arrastrándome tal como Jakob me pedía. Nunca conseguí que me gustara el tubo, pero no dejé que Jakob se diera cuenta. Me metía en él tan pronto como oía su orden, y me empujaba por el interior tan deprisa como podía.

Jakob también me mostró un arnés. Una cosa naranja que parecía una camiseta. La primera vez que me lo puso, me pregunté si debía encontrar la manera de quitármelo de encima tal como había hecho con la camiseta mucho tiempo atrás. Pero resultó que esa no era la idea.

—Vale, Ellie, quédate quieta mientras te pongo el arnés —dijo Jakob, y enganchó algo en mi espalda.

Luego se apartó.

Lo miré, confundida. ¿Qué iba a suceder?

Algo tiró de mi espalda. Me sobresalté e intenté girar la cabeza, pero no podía ver nada. Eso cada vez tiraba con más fuerza y, al final, ¡me levantó del suelo!

—No pasa nada, Ellie. Todo va bien, Ellie. No pasa nada —me dijo Jakob con firmeza—. A veces, hay que izar a un perro de salvamento.

No me sentía nada tranquila con todo eso. ¡Mis patas no tocaban el suelo! Quise alejarme corriendo, pero ¿cómo podía hacerlo si solo podía tocar el aire? A pesar de todo, no me dejé dominar por el pánico. El tono de voz de Jakob era firme y tranquilizador. Me estaba observando con esa expresión que reservaba para cuando hacíamos «trabajar». Por tanto, debía de formar parte de aquello: tenía que aceptarlo por muy raro que me pareciera.

Al cabo de uno o dos minutos, me encontré sobre una plataforma que estaba a unos cuantos metros por encima del suelo. Jakob subió rápidamente y me desenganchó el cable del arnés.

—Buena chica, Ellie. ¡Buena perra! Eres muy valiente, ¿eh, chica?

Yo todavía estaba temblando un poco, y él me pasó las manos por el pelaje hasta que me tranquilicé. Practicamos con el arnés unos cuantos días más, y pronto aprendí que nunca tardaba mucho en volver a estar sobre mis patas.

Otro día, Jakob se sacó una cosa del bolsillo especial que tenía en el costado del cuerpo y me la mostró.

—Buena chica, Ellie. Esto es una pistola. ¿Ves?

Lo observé y lo olisqueé, pero me alegró darme cuenta de que no la lanzaba para que fuera a buscarla. No parecía que pudiera volar mucho. Además, olía raro. Pensé que no quería metérmela en la boca.

Jakob apuntó al aire con esa cosa y eso hizo un estruendo horrible que me dañó las orejas. Di un salto y lloriqueé. Pero, después de que lo hiciera unas cuantas veces más, decidí que no era más que ruido. No me gustaba, pero no me hacía daño.

—No has de tener miedo —me prometió Jakob—. Es una pistola, Ellie. Una pistola. Hace mucho ruido, pero tú no tienes miedo, ¿verdad, chica?

Yo no tenía miedo. Parecía que las pistolas formaban parte de «trabajar». Y «trabajar» no daba nada de miedo.

4

*U*nos cuantos días después de enseñarme la pistola, Jakob me llevó a un parque nuevo. Allí había varias personas (la mayoría eran hombres, aunque había algunas mujeres) sentadas frente a unas mesas largas. Vi que también tenían pistolas. Al vernos, nos llamaron.

—¡Siéntate, Jakob!

—¿Este es tu nuevo perro?

—¡Hacía tiempo que no te veíamos!

—¡Ey, ha venido Jakob! ¡Que alguien haga una foto!

No parecía que eso fuera «trabajar». Las personas de las mesas estaban hablando, riendo y comiendo. Encontré una patata chip en el suelo (¡deliciosa!) y fui a tumbarme al lado de Jakob con la esperanza de encontrar más.

Jakob estaba comiendo, y alguien le había dado una botella marrón para que bebiera, pero no hablaba ni se reía como los demás.

—¿Todo bien, Jakob?

Jakob no respondió. Me senté y le di un golpe de hocico en la mano. Me acarició, pero me di cuenta de que en realidad no estaba pensando en mí.

—He preguntado si todo va bien, Jakob.

Jakob se giró y miró a esas personas, que lo estaban observando. Noté que se sentía incómodo.

—¿Qué?

—Si alguna vez hay un disturbio en la ciudad, necesitaremos todas las unidades K-9 de que podamos disponer.

—Ellie no es ese tipo de perro —dijo Jakob con frialdad y sin mirar a nadie en particular—. Ella no ataca a la gente.

Me incorporé al oír mi nombre, por si acaso íbamos a «trabajar» y Jakob me daba una orden. Pero no lo hizo. Ahora todo el mundo me miraba. Me acerqué un poco más a Jakob. Entonces todos volvieron a ponerse a hablar, pero lo hicieron entre ellos: nadie le dijo nada a Jakob. Le volví a dar un golpe de hocico; me rascó la cabeza.

—Buena perra, Ellie —me dijo con voz amable—. Vamos a pasear, ¿vale?

¿Pasear? Conocía esa palabra y me gustaba. Meneé la cola con entusiasmo. Pasear era casi tan bueno como las patatas chips.

En ese parque había otro parque para los humanos; algunos caminos que lo cruzaban. Ladré al ver a una ardilla que tuvo el atrevimiento de pasar corriendo a poca distancia de mí, pero casi todo el tiempo caminé al lado de Jakob. Llegamos a una piscina ancha y profunda. El agua salía disparada hacia arriba desde el centro y despedía una espuma blanca y muchas burbujas. Metí el hocico en el agua y lamí un poco, solo para saber qué sabor tenía. ¡Puaj! Sabía a algo agrio y químico que había arruinado el agua por completo. Sacudí la cabeza con fuerza.

Jakob se rio.

—El agua de la fuente no sabe como la de tu cuenco, ¿verdad? Bueno, Ellie —dijo, cogiendo un palo—. ¡A por él! ¡Tráelo!

¡Tráelo! ¡Lo de «tráelo» me encantaba! Jakob levantó el palo por encima del hombro y lo lanzó con fuerza. El palo cayó al agua.

¡Justo en el agua!

Bajé la cabeza y olisqueé esa agua de olor tan raro. Luego metí una pata. ¡Frío! Saqué la pata de inmediato.

Ya no era un cachorro que se asustara de su propio cuenco de agua, pero eso no me gustaba en absoluto. Allí había mucha agua. Pero sabía lo que Jakob quería: que le llevara el palo. No le gustaba quedarse sin sus palos durante mucho tiempo.

Metí las dos patas, ¡pero descubrí que no tocaba el fondo! ¡Y me caí a la piscina! Los ojos y la boca se me llenaron de agua. Escupí, tosí. Conseguí salir de ahí moviendo frenéticamente las patas y me puse a sacudirme el pelaje con todas mis fuerzas.

—¡Tráelo! ¡Trae el palo, Ellie!

Nada de palo. No pensaba volver ahí dentro nunca más. Meterme debajo de esa agua me había recordado esa pesadilla del chico. ¿Cómo se llamaba? Ethan. En el agua, hundiéndose más y más. En ese momento, sentí el mismo miedo que en el sueño, con tanta fuerza como si fuera un recuerdo de la vida real.

La fuente estaba fría. Y, lo que era peor, el agua se movía arriba y abajo constantemente; de un lado a otro. Era peligroso. No quería hacer eso.

—¡El palo! —insistió Jakob.

¿Quieres un palo? Salí corriendo por el patio y salté sobre un bonito y enorme palo. Lo cogí y le di una sacudida para mostrarle a Jakob lo divertido que era.

—¡Ellie, ven! —me ordenó con seriedad.

Oh, oh. Fui hasta él con la cola bajada y dejé caer el palo a sus pies.

—No te gusta el agua, ¿eh? —Jakob se había agachado y me miraba a los ojos—. Eso podría ser un problema, ¿sabes? Vamos, Ellie, trae el palo. Puedes hacerlo. Ponte a nadar.

¿Nadar? No podía hacer eso. No si nadar significaba meterme en el agua.

Jacob cogió el palo nuevo y también lo lanzó al agua. ¡Oh, no!

—Vamos, Ellie. No hay para tanto. ¡Tráelo!

¿Por qué no lanzaba el palo en la otra dirección? Corrí unos metros para enseñarle hacia dónde quería que lanzara el palo. «Vamos, Jakob, ¡hacia aquí! ¡Lanza el palo al suelo! ¡El suelo es mucho mejor que la piscina!»

Pero no lo hizo. Lanzó otro palo a la fuente. Y luego otro. Lloriqueé un poco para hacerle saber que no era una buena idea. El agua era peligrosa. Las personas no deberían meterse ahí. Ni los perros tampoco.

—Vale —dijo Jakob, pensativo y mirándome—. Vale...

Y saltó al agua.

En un momento, había desaparecido. Jakob avanzó un poco por el agua moviendo los brazos y luego se hundió.

¡Se hundió! ¡Igual que ese chico, Ethan!

Ladré para que supiera que debía salir a la superficie. Caminé de un lado a otro por el borde de la fuente. ¡Jakob! ¡Jakob se había hundido en el agua!

No me había dado ninguna orden, pero sabía lo que debía hacer. Tenía que traerlo a él igual que hacía con los palos. Debía meterme en el agua.

No quería hacerlo. Pero Jakob estaba ahí abajo. ¡Tenía que traerlo de vuelta!

Sin darme cuenta, me había metido en el agua.

Mis patas parecían saber qué hacer: nadé todo lo bien que pude en dirección a Jakob. Pero estar en el agua estaba siendo igual de horroroso que la primera vez. El pelaje me pesaba tanto que me costaba moverme. Esa agua de olor raro me salpicaba los ojos y se me metía en la boca y en el hocico. ¡Escocía! No podía oler a Jakob. No podía oler nada. El pánico empezaba a atenazarme. Ya había pasado un rato, y Jakob no había salido y yo no podía encontrarlo. Encontrarlo era mi «trabajo», era nuestro «trabajo». ¡Debía encontrar a Jakob!

Sentí que unas burbujas me hacían cosquillas en la barriga. Miré hacia abajo, parpadeando con fuerza, y ¡allí estaba! ¡Jakob!

Salió a la superficie y me sujetó. De alguna manera, él podía ponerse en pie: el agua le llegaba a la cintura. Se quitó el agua de la cara y soltó una de sus rápidas carcajadas.

—¡Buena chica, Ellie! Lo has conseguido. ¡Has venido a por mí! ¡Buena perra!

Me empujó hacia el borde de la fuente y vino conmigo. Nos sentamos, chorreando agua. Jakob me acarició y me rascó la cabeza.

—¡Eh! ¡Usted! —Una persona se acercó corriendo. Llevaba las mismas ropas oscuras que Jakob—. No se puede nadar en esa fuente. ¿Qué se cree que está haciendo…, permitiendo que su perro juegue de esa manera?

—No está jugando —dijo Jakob, que se sacó una cosa brillante del cinturón y se la mostró al otro hombre—. Está trabajando.

5

Sabía que Jakob estaba contento porque yo me había metido en el agua. Me alegraba de eso, pero también sentí un gran alivio cuando, al día siguiente, regresamos a nuestro parque de siempre. Prefería «busca» que «nada».

Wally no estaba allí. Ya me había acostumbrado a él, después de tanto tiempo. Miré a Jakob, alerta, esperando oír «busca». Pero hizo una cosa nueva. Había traído un abrigo que había sacado de la camioneta. Me lo enseñó.

—Busca, Ellie. ¡Busca!

¿Que buscara el abrigo? Eso era raro. El abrigo estaba justo ahí, en el brazo de Jakob.

Se acercó un poco más a mí para que pudiera oler el abrigo. Inhalé los aromas de la persona que lo había llevado puesto. No era Wally. El abrigo olía a otro hombre. Noté el olor punzante del sudor, de una cosa dulce que se había derramado ahí encima, café, y del humo de esos extraños palitos que a las personas les gustaba ponerse en la boca.

—¡Busca, Ellie!

Seguía confusa, pero olisqueé un poco por la hierba. Normalmente, «busca» siempre empezaba olisqueando. Y allí estaba: el mismo olor del abrigo.

Recordé todas las veces que había encontrado los calcetines o las camisetas de Wally y que se las había enseñado a Jakob. Me pareció que ahora se trataba de lo mismo. Pero ahora yo no debía encontrar ese abrigo y llevárselo a Jakob, sino que debía encontrar a la persona que había llevado puesto ese abrigo.

Ahora que sabía qué debía hacer, fue fácil. El rastro estaba fresco y era fuerte. No me costó seguirlo por la hierba, pasando entre dos bancos y por debajo de los árboles: allí estaba. Era un hombre con un jersey amarillo y un sombrero marrón, y tenía uno de esos palitos en la boca. Cuando regresé corriendo con Jakob, él supo de inmediato que yo tenía algo que enseñarle y me siguió hasta donde se encontraba el hombre esperando. El tipo se levantó y le estrechó la mano a Jakob, que le dio las gracias después de haber jugado un poco conmigo a «tirar-del-palo».

Al día siguiente, todo fue más extraño. Jakob y yo regresamos al parque.

Y lo único que hizo fue mirarme y decir:

—¡Busca!

Olisqueé. No detecté el olor del hombre del abrigo. Tampoco el de Wally. ¿Qué quería que hiciera?

Me estaba mirando fijamente.

—¡Busca! —repitió—. ¡Busca, Ellie!

Volví a ponerme a olisquear por la hierba con la esperanza de que eso me diera otra pista. Había muchos olores interesantes: el de la misma hierba, el de la tierra de debajo, algunos puntos en que los perros habían orinado, algunas palomitas que se habían caído al suelo, el rastro de un mapache que había pasado por allí por la noche, y otro de un conejo que había saltado en ese lugar hacía unas horas. Muchos pies habían pisado esa zona, y también patas de perro. Olisqueé más atentamente.

—A veces necesito que busques a las personas que puedas encontrar, Ellie —me dijo Jakob. Le miré al oír mi nombre—. ¿Vale? ¡Busca!

Al oír la orden, bajé la cabeza y acerqué el hocico al suelo.

Allí había un olor que era fresco y que destacaba entre los demás: el de una hembra humana, no muy mayor. Seguí el rastro un poco. Esta llevaba zapatos de goma. Había desayunado algo que tenía crema de queso. Y había ido en esa dirección. Miré a Jakob para ver si me decía que lo estaba haciendo mal. Él permanecía quieto mientras me alejaba; me miraba con esa expresión que solo ponía cuando hacíamos «trabajar», como si eso fuera lo único que existía en el mundo.

Volví a acercar el hocico al suelo, no muy segura de que eso fuera lo correcto. Pero Jakob me había dicho «busca». Allí lo más fácil de buscar era esa niña que había comido crema de queso, así que empecé a seguir el rastro.

El rastro me llevó hasta un banco. Me detuve y olisqueé atentamente. La niña había estado allí sentada un rato: detecté el olor de sus zapatos y de su ropa, de su piel y de su pelo. Pero ya no estaba allí. Así que «busca» todavía no había terminado.

Continué siguiendo el rastro alejándome del banco y crucé una zona de blando césped donde había unos humanos que tiraban una pelota y gritaban. Mientras cruzaba el césped a toda prisa, una pequeña pelota roja rodó hasta donde tenía el hocico. Hubiera sido muy fácil cogerla e ir corriendo con ella hasta el chico que la había lanzado: Jakob no estaba allí y no me podía ver, y hubieran sido solamente uno o dos minutos de juego. La pelota estaba justo ahí, a pocos centímetros de mi hocico…

Pero ¿y la niña? Debía encontrarla. Eso había dicho Jakob. Ahora no podía pararme y ponerme a jugar. No había tiempo. Eso era «trabajo». Jugar vendría luego.

El rastro de la niña me condujo a través de una zona de barro; luego recorría haciendo eses una zona llena de raíces de árbol. Salté una gruesa raíz, retorcida como una serpiente: allí estaba, sentada bajo un árbol con un libro en el regazo.

Levantó la vista y me sonrió. Luego volvió a mirar hacia abajo y pasó una página.

Corrí hasta Jakob. Crucé a toda velocidad el césped justo por la zona de juego. Me sentía un poco preocupada. ¿Era lo correcto? ¿Era eso lo que Jakob quería que hiciera?

Me parecía que sí.

—¡Llévame! —me dijo en cuanto llegué hasta él.

Y cuando lo llevé hasta donde estaba la niña, me dijo:

—¡Buena perra, Ellie!

—¿Qué estáis haciendo? —preguntó la niña, apoyando el libro en su regazo y mirándonos.

—Es un perro de salvamento —le explicó Jakob—. Se está entrenando para encontrar personas.

La niña sonrió.

—¿Y me ha encontrado?

—Sí.

Jakob cogió un palo para mí y estuvimos jugando un rato en el pequeño claro. La niña no parecía saber que su trabajo era jugar a «tirar-del-palo» (Wally sí lo sabía), pero no me molestó mucho, ya que había alguien dispuesto a tirar de él y jugar conmigo.

Quizá la niña no fuera muy inteligente, pero sí que era muy agradable. En cuanto vio que me acercaba a ella, alargó la mano. Deseé que quisiera compartir conmigo un poco de queso cremoso. No obstante, no tenía queso en la mano, pero me rascó la cabeza. Eso también fue agradable.

La siguiente persona a quien encontré no me cayó tan bien. Estaba agachado detrás de un arbusto y llevaba unas extrañas gafas; tenía un olor agrio, como si hiciera bastante tiempo que no se hubiera dado un buen baño. Necesitaba un buen manguerazo.

—¡Fuera! —escupió cuando le encontré la primera vez.

Cuando volví con Jakob, se puso en pie y frunció el ceño mientras Jakob me decía que era una buena perra y se ponía a jugar conmigo y con el palo.

—¿Le importaría irse a jugar con su perro a otra parte? —preguntó el hombre, de mal humor—. ¡Han asustado a una tángara rojinegra!

—Lo siento, señor —dijo Jakob.

No comprendía qué estaban diciendo, pero el hombre se mostraba disgustado y Jakob no parecía preocupado al respecto.

Durante los días posteriores, encontramos a muchas más personas. Algunas se alegraban al vernos; otras, no. Pero Jakob siempre me decía que era una buena perra sin importarle cómo se comportara la persona a la que hubiéramos encontrado. Eso era «trabajar», decidí. Debía encontrar personas y llevar a Jakob hasta ellas para que él decidiera si eran las correctas o no. Eso era trabajo suyo. Encontrarlas era el mío.

Cuando ya llevaba más o menos un año con Jakob, él empezó a llevarme a un lugar nuevo para «trabajar». En ese lugar había muchas personas y casi todas vestían igual que Jakob. Todas se mostraban amistosas y me llamaban por mi nombre, pero cada vez que Jakob me ordenaba «junto», se apartaban respetuosamente.

En ese lugar también había otros perros. Un día Jakob me sacó a un cercado.

—Esta es tu caseta, chica —me dijo.

Allí ya había otros dos perros, Cammie y Gypsy. Cammie era totalmente negra y Gypsy era marrón.

Jakob abrió la puerta y me hizo pasar. Me quedé quieta y dejé que los perros me olisquearan por todas partes. Luego me llegó el turno a mí de olisquear. Gypsy tendría mi edad, pero Cammie era mayor. Después de inspeccionarme, Cammie se tumbó en el suelo soltando un suspiro, como si conocer a un perro nuevo no resultara nada interesante.

Pero Gypsy llevaba una pelota verde y peluda en la boca y la dejó en el suelo: la dejó rodar unos cuantos centímetros por el suelo antes de volver a cogerla. Y me miró.

Hmmmm. Una pelota. Yo podía jugar con una pelota. ¿Por qué Gypsy tenía una yo no?

No permití que se notara que también me hubiera gustado tener una pelota, pero, la siguiente vez que Gypsy la dejó rodar, me abalancé sobre ella. Gypsy corrió hasta mí, pero no fue lo suficientemente rápida. ¡Ahora la tenía yo! Me persiguió por todo el cercado, y Cammie soltó un leve gruñido al ver que pasábamos por delante de su hocico. Luego dejé que Gypsy recuperara la pelota y fue mi turno de perseguirla.

Sin embargo, en cuanto Jakob salió al patio, dejé caer la pelota de inmediato y fui a sentarme al lado de la valla para verlo. Gypsy agarró la pelota y se acercó a mi lado. Incluso Cammie se sentó y puso las orejas en alerta.

¿Era hora de «trabajar»?

No parecía que lo fuera. Jakob se limitó a mirarme y a asentir con la cabeza.

—¿Todo bien? —preguntó, y me rascó la cabeza a través de la valla antes de marcharse de nuevo.

Así eran las cosas en el cercado. Cuando Gypsy y yo teníamos tiempo, jugábamos mientras Cammie nos observaba. Pero si una persona salía al patio, nuestro juego terminaba: corríamos a la valla, preparadas, por si nos daban la orden de «trabajar».

Gypsy «trabajaba» con un policía que se llamaba Paul, y pasaban mucho tiempo fuera. Pero a veces los veía «trabajar» en el patio, ¡y lo hacían todo mal! Gypsy se limitaba a meter el hocico en cajas y en montones de ropa, a pesar de que era evidente que allí no había nadie escondido. Peor todavía: ¡Gypsy avisaba a Paul aunque no hubiera encontrado a nadie! A pesar de ello, él siempre le decía que era una buena perra y sacaba un paquete del lugar en el que la perra acababa de meter el hocico.

Cammie no se molestaba en mirar a Gypsy. Probablemente sentía vergüenza de aquella pobre perra. La persona de Cammie se llamaba Amy, y no salían mucho. Pero cuando lo hacían, se iban deprisa. Amy sacaba a Cammie y se marchaban corriendo. Por mi parte, no comprendía qué hacían esos dos. Pero sabía que no podía ser tan importante como «busca».

—¿Dónde vas a trabajar esta semana? —le preguntó Amy a Paul cierto día.

—En el aeropuerto otra vez: en Detección de Drogas. Hasta que García vuelva de la baja… —repuso Paul—. ¿Qué tal va todo en Detección de Explosivos?

—Tranquilo. Pero estoy preocupada por Cammie. Su rendimiento ha bajado un poco. Me pregunto si todo está bien con su olfato.

Al oír su nombre, Cammie levantó la cabeza y yo lo miré.

—¿Cuánto tiene ahora, diez años? —preguntó Paul.

—Más o menos —repuso Amy.

Me puse en pie y me sacudí porque detecté que Jakob estaba a punto de llegar. Al cabo de unos segundos, vi que doblaba la esquina. Él y otros policías se detuvieron a charlar mientras los perros los observábamos y nos preguntábamos por qué no nos dejaban salir al patio para estar con ellos.

De repente, percibí una oleada de excitación en Jakob. Dijo algo por encima del hombro; eso que hacen los humanos de llevarse unas pequeñas cajas a la cara y hablar.

—10-4, Unidad ocho-kilo-seis al habla —dijo.

Amy corrió hasta nuestro cercado. Cammie se puso en pie de un salto, pero Amy me miraba a mí.

—¡Ellie! —ordenó Amy—. ¡Aquí!

Jakob estaba corriendo y yo pasé al lado de Amy corriendo tras él. Al cabo de un momento, estábamos fuera del patio. Me vi dentro de una jaula, en el interior de un vehículo. Jadeaba, contagiada por la excitación de Jakob.

Algo me decía que, fuera lo que fuera lo que estuviera pasando, era mucho más importante que «buscar a Wally».

6

Jakob nos llevó hasta un edificio grande y bajo. Delante de la puerta de entrada había varias personas que se habían reunido formando un círculo. En cuanto nos detuvimos, noté la tensión en ellos. Jakob se acercó y me acarició, pero me dejó en la camioneta.

—Buena perra, Ellie —me dijo con actitud distraída.

Me senté y lo observé, ansiosa, acercarse al grupo de personas. ¿Qué estaba haciendo? ¿Por qué se alejaba de mí? ¿No íbamos a «trabajar»? Yo sabía que debía esperar con paciencia a que me diera una orden, pero resultaba difícil hacerlo, así que lloriqueé un poco.

Varias de las personas que estaban con Jakob hablaban a la vez.

—No nos dimos cuenta de que había desaparecido hasta la hora de comer, pero no tenemos ni idea de cuánto hace que no está.

—Marilyn es una paciente con alzhéimer. A veces cree que se encuentra en su vieja casa o que debe ir a su antiguo trabajo. Seguro que no recordará el camino de regreso.

—No comprendo cómo ha podido marcharse sin que nadie se haya dado cuenta.

Mientras estaba allí sentada, en la camioneta, una ardilla saltó al interior desde un árbol y dio unas vueltas corriendo, intentando enterrar un poco de comida en el suelo. La observé, atónita. ¿No se daba cuenta de que yo era un terrible depredador? ¡Estaba a solo tres metros de distancia!

Al fin, Jakob regresó y abrió la puerta de la jaula.

—¡Quieta! —me ordenó, negándome la posibilidad de darle una buena lección a esa ardilla.

De todas formas, la ardilla subió corriendo por un árbol y se sentó en una rama. La ignoré. Era hora de «trabajar».

Jakob me condujo lejos de esas personas hasta una esquina del patio. Me acercó dos camisetas que olían a sudor viejo y a algo dulce y floral. Metí el hocico en ese suave montón de ropa e inhalé profundamente.

—¡Busca, Ellie!

Era igual que en el parque. Supe exactamente qué debía hacer, así que me puse en marcha y pasé de largo el grupo de personas.

—No puede haberse ido por ahí —dijo alguien.

—Dejen que Ellie trabaje —contestó Jakob.

«Trabajar». Retuve el recuerdo de esa ropa mientras elevaba el hocico al aire y me movía de un lado a otro para captar el rastro. Por ese patio habían pasado muchas personas, y por la acera habían pasado algunos perros. Y estaban también los coches. Percibía el olor de todo eso, pero ninguno de esos olores era el correcto. No podía encontrarlo.

Frustrada, regresé con Jakob.

Me di cuenta de que estaba decepcionado.

—No pasa nada, Ellie. Busca.

Empezó a caminar por la calle, y yo me puse un poco por delante. Allí había más patios. Corrí arriba y abajo por todos ellos. En alguno de esos lugares debía de estar escondido el olor. ¡Lo encontraría!

Al girar una esquina, aminoré el paso. ¡Ahí estaba! Era tenue, solo un aroma, pero se fue haciendo más fuerte a medida que avanzaba en la dirección correcta. El olor resultaba provocador, me incitaba…

De repente, detecté el rastro adecuado y el olor se volvió muy fuerte. No había duda. Había dado con él. A doce metros de mí, al pie de unos matorrales, había un potente foco de ese olor, perfectamente claro. Me di la vuelta y corrí hasta Jakob, a quien se le habían unido unos cuantos policías.

—¡Llévame, Ellie! —me dijo de inmediato.

Lo conduje hasta los arbustos. Jakob se agachó y tocó una cosa con un palo.

—¿Qué es? —preguntó uno de los policías que se había puesto detrás de él.

—Un pañuelo. ¡Buena perra, Ellie, buena perra!

Me ofreció el palo y tiramos un momento de él, pero me di cuenta de que no habíamos terminado. Había más.

—¿Cómo sabemos que es suyo? Lo hubiera podido dejar caer cualquiera —objetó uno de los policías.

Pero Jakob no le hizo caso. Se agachó y acercó su rostro al mío.

—Vale, Ellie. ¡Busca!

Seguí el rastro, que se alejaba del pañuelo. Pasé al lado

de dos bloques de pisos y luego giré a la derecha, donde el olor se hacía más fuerte. Al llegar a una calle, volví a girar a la derecha y llegué hasta una cancela abierta.

¡Allí estaba! Sentada en un columpio y balanceándose suavemente. Los pequeños pies apenas rozaban el suelo. La señora parecía completamente feliz y se alegró de verme.

—Hola, perrito —dijo.

Por algún motivo, a pesar de que se encontraba tan solo a unos metros, su voz sonaba como si estuviera muy lejos.

Corrí hasta Jakob, que se excitó de inmediato al verme: sabía que había hecho mi trabajo. ¡La había encontrado! Pero esperó a que yo llegara a su lado para reaccionar.

—Vale. ¡Llévame! —me apremió.

Lo conduje hasta la señora del columpio. Noté su alivio en el mismo momento en que cruzamos la cancela.

—¿Es usted Marilyn? —preguntó con amabilidad.

Ella ladeó un poco la cabeza y lo miró.

—¿Eres Warner? —repuso.

Jakob dijo algo al micrófono que llevaba en el hombro; pronto llegaron otros policías. Jakob me llevó hasta el patio delantero.

—¡Buena perra, Ellie! —me felicitó.

Se sacó un anillo de goma del bolsillo y lo lanzó al aire, haciéndolo rebotar por el patio. Al verlo, salté sobre él y se lo llevé de vuelta, pero no lo solté, esperando a que él lo cogiera y se pusiera a tirar de él. Estuvimos jugando unos cinco minutos. No paré de menear la cola.

En ese momento, llegó otra persona. Pasó un brazo por los hombros de Marilyn y la acompañó hasta la calle. Las seguimos. Percibía el alivio de las personas que se acercaron a la mujer, que no dejaban de decir su nombre y que se la llevaron hacia dentro.

Marilyn había corrido algún tipo de peligro. De eso me di cuenta en ese momento. Al encontrarla, Jakob y yo la habíamos salvado.

Mientras Jakob me encerraba en la jaula de detrás de la camioneta, me di cuenta de que se sentía orgulloso.

—Buena perra, Ellie. Eres una gran perra.

No se trataba de la adoración que me había expresado Georgia, pero ya era mucho para Jakob. Esa fue la primera vez que comprendí cuál era mi propósito en la vida: no solo buscar personas, sino salvarlas.

Eso era lo que Jakob y yo hacíamos juntos; ese era nuestro «trabajo». Y eso era lo que más le importaba.

Al día siguiente, el «trabajo» volvió a la normalidad. Wally se escondió encima de un contenedor lleno de toda clase de basura: algunas cosas desprendían un olor delicioso, pero otras apestaban. A pesar de ello, fui capaz de detectar su olor. ¡No podía engañarme! Cuando terminamos, Jakob se detuvo en una floristería y compró unas flores cuyo aroma era muy dulce. Y, para mi sorpresa, no fuimos en dirección a casa.

Estuvimos conduciendo y conduciendo y conduciendo. Tardamos tanto que me cansé de apretujar el hocico contra los barrotes de mi jaula. Normalmente, disfrutaba con la corriente de olores que me envolvía cuando iba en la camioneta. Me resultaba difícil creer que, de cachorro, me hubiera sentido aterrorizada por eso. Los olores pasaban a tal velocidad que no era capaz de distinguirlos, pero la sensación de sentirme rodeada por ellos era maravillosa.

Sin embargo, ese día, al final, me cansé y me tumbé apoyando la cabeza sobre las patas delanteras para esperar a que terminara aquel viaje.

Cuando Jakob vino para dejarme salir, noté cierta pesadumbre en él. Fuera lo que fuera lo que le estuviera doliendo por dentro, era más fuerte que nunca. Incluso se movía más despacio, como si su tristeza fuera algo tan pesado que tuviera que esforzarse a cada paso.

Bajé de la camioneta de un salto. Estábamos en un patio grande lleno de piedras pulidas que sobresalían entre la blanda hierba.

No estaba segura de qué íbamos a hacer, así que permanecí al lado de Jakob mientras nos alejábamos de la camioneta con las flores. ¿Eso era «trabajar»? No me lo parecía. Jakob nunca estaba tan triste cuando hacíamos «trabajar».

Se detuvo y se arrodilló. Dejó las flores al lado de una de las piedras. El dolor de su interior se hizo tan agudo que unas lágrimas le cayeron por las mejillas.

Le di un golpe en la mano con el hocico, preocupada. No estaba bien que Jakob llorara de esa manera. Tenía que hacer algo.

—No pasa nada, Ellie. Buena perra. Siéntate.

Me senté. Como no podía buscar a Jakob, ni rescatarlo, ni hacer nada para ayudarlo, me limité a quedarme a su lado y a sentirme triste con él.

Jakob se aclaró la garganta y dijo:

—Te echo mucho de menos, cariño. Yo…, a veces creo que no seré capaz de soportar un día más sabiendo que no vas a estar en casa cuando regrese —susurró.

Al oír la palabra «casa» erguí las orejas. «Sí —pensé—. Vamos a casa. Vámonos de este sitio tan triste.»

Pero él no se movió y continuó hablando.

—Estoy en la patrulla K-9 ahora mismo: búsqueda y rescate. Tengo un perro. Se llama Ellie, una pastora alemana de un año.

Meneé la cola.

—Te gustaría, cariño. Ojalá la hubieras conocido. Es una buena perra; lo es de verdad.

Meneé la cola con más fuerza, pero Jakob no pareció darse cuenta, a pesar de que había pronunciado mi nombre y que decía «buena perra».

—Nos acaban de dar el certificado, así que a partir de ahora estaremos fuera. Me alegra alejarme del escritorio. He ganado unos cinco kilos de tanto estar sentado.

Jakob se rio. El sonido de su risa era tan peculiar que estuve a punto de ponerme a lloriquear. Era una risa triste y torturada, sin ningún tipo de alegría.

Nos quedamos allí, casi sin movernos, unos diez minutos. Jakob se parecía a uno de esos trozos de piedra que sobresalían del suelo: duro, frío e inmóvil. Poco a poco, noté que su sentimiento iba cambiando. Ya no era un dolor tan crudo y se convertía en algo parecido al miedo.

—Te quiero —susurró Jakob.

Luego se puso en pie y se alejó.

Yo lo seguí.

7

A partir de ese día, pasábamos más tiempo lejos de la caseta. Allí fuera había un montón de personas que necesitaban que las encontraran. A veces eran adultos; otras, niños. En ocasiones, estaban asustadas. Y a veces parecían confundidas o, como Marilyn, no sabían que se habían perdido. Pero casi todas se alegraban al vernos.

Algún día fuimos en avión o en helicóptero.

—¡Eres una perra de helicóptero, Ellie! —me decía Jakob cuando despegábamos.

La primera vez, el ruido me puso muy nerviosa, pero después comprendí que los aviones y los helicópteros eran parecidos a la camioneta: nos llevaban allí donde había que trabajar. Al cabo de un rato, el zumbido que se oía al otro lado del suelo de metal me amodorraba de tal manera que acababa durmiéndome. Al despertar, Jakob y yo íbamos a «trabajar».

Un día, me llevó con la camioneta al lago más grande que había visto nunca. Allí había muchas personas. Un hombre y una mujer se acercaron corriendo al vehículo en cuanto nos detuvimos y se pusieron a hablar frenéticamente antes incluso de que Jakob me hubiera sacado de la jaula. La mujer sacó un jersey púrpura de una bolsa grande que llevaba al hombro. Jakob me lo acercó para que lo oliera.

—¿De verdad que su perro puede…? —empezó a preguntar la mujer. Parecía que estuviera a punto de ponerse a llorar—. Quiero decir, ni siquiera sé cuánto rato hace. Estaba segura de que Charlotte se encontraba jugando con unos niños al lado del agua. Pero, cuando miré, ya no estaba allí. Y ellos ni siquiera recordaban haberla visto alejarse.

La mujer lloraba de verdad. El hombre le pasó un brazo por encima de los hombros.

—Ellie es muy buena —dijo Jakob con voz tranquila—. Solo tenemos que dejar que haga su trabajo. ¡Busca, Ellie!

Olí atentamente el jersey. Crema solar…, sal…, kétchup…, un poco de helado…, un champú que olía a fresa… y una niña pequeña. Ahora ya sabía a quién estaba buscando.

Acerqué el hocico a la arena. Olía… diferente. Había seguido el rastro de personas por la hierba, la tierra, las aceras y las carreteras. Pero eso era diferente. Todo tenía un olor salado y húmedo; también había un fuerte y potente olor de algas en el aire que amenazaba con engullir el tenue olor de esa niña pequeña.

Y había olores de otras personas por todas partes. Habían estado caminando por la arena, entrando y saliendo del agua. Noté el olor de los zapatos de goma y de pies y de comida. ¡De mucha comida! Alguien estaba asando salchichas. Jakob a veces cocinaba salchichas y me las dejaba probar. ¡Eran deliciosas! Era difícil resistirse a la tentación de levantar la cabeza e inhalar profundamente ese maravilloso olor, pero mantuve la cabeza gacha. Estaba trabajando.

Fui de un lado a otro, acercándome al agua. Era un agua muy extraña. El olor de sal que desprendía era muy fuerte. Creía que la fuente a la cual Jakob había saltado era grande, pero eso…, eso era enorme y se movía. Y también rugía, como si estuviera enfadada. Hubiera preferido no acercarme a ella, pero el rastro de la niña me llevaba directamente a ella. Debía seguirlo.

¡Y, de repente, el agua se acercó a mis patas! Acababa de seguir el rastro por la arena, y, de súbito, el agua se deslizó hacia mí y retrocedió. Y el olor se apartó. Di un salto de la sorpresa.

—No pasa nada, Ellie —dijo Jakob, que me había seguido de cerca—. Busca.

¡No era justo que el agua viniera a llevarse el olor! Irritada, me puse a trabajar con mayor ahínco. El rastro tenía que estar en alguna parte. Lo volví a encontrar al cabo de menos de un minuto. La niña había estado caminando cerca de la orilla del agua. El agua continuaba moviéndose, intentando engañarme, pero cada vez que perdía el rastro lo volvía a encontrar. Yo no despegaba el hocico de la arena.

—¡Perrito! ¡Perrito! —oí que decía alguien con voz chillona.

Noté que unas manos pequeñas me acariciaban. Un niño pequeño me agarró el pelaje y se rio. Tenía las manos pegajosas a causa del agua salada y de unas gotas de helado. En condiciones normales, se las hubiera limpiado a lametones.

—¿Muerde? —preguntó una mujer, inquieta.

—No muerde, pero está trabajando —dijo Jakob a mis espaldas—. Por favor...

Sabía que no era ese niño a quien debía encontrar, así que pasé por su lado con cuidado y continué mi camino avanzando más y más rápido. Jakob iba detrás de mí.

Una cosa redonda aterrizó en la arena, a mi lado. Levanté la cabeza, asustada.

—¡Busca! —gritó un adolescente.

Olí esa cosa. Era dura y de plástico. Hubiera sido agradable mordisquearla, pero eso no era «trabajar». Así que continué.

El olor de la niña se alejó del agua. Lo seguí por una pendiente de arena y noté que se hacía más fuerte. Levanté la cabeza y vi un parque infantil: allí había más seres humanos jóvenes juntos de los que había visto nunca. Corrían salvajemente por todas partes, se deslizaban por rampas y trepaban por escaleras, igual que yo había aprendido a hacer. Pero no trabajaban en serio. Estaban jugando y hacían un montón de ruido.

Los rastros de todos esos niños se entrecruzaban en la arena, pero el que yo estaba siguiendo había quedado oculto. Caminé en zigzag dibujando medio círculo. Estaba cerca, tenía que estarlo. Si no me rendía, lo volvería a encontrar.

¡Y lo encontré! Allí estaba, sentada en un balancín, con un niño en el otro extremo. La niña se elevó en el aire, riendo; luego aterrizó con un golpe en la arena.

Regresé con Jakob.

—¡Llévame! —me dijo.

Crucé el parque infantil a toda velocidad.

—¡Perro! ¡Perrito! ¿Puedo acariciar a su perro? —gritaban los niños al verme pasar corriendo.

La niña acababa de volver a aterrizar en el suelo cuando llegué a su lado.

Jakob llegó detrás de mí.

—¿Charlotte? —preguntó—. ¿Te llamas Charlotte?

—Ajá. —La niña levantó la mirada y se rio—. ¡Quiero jugar en el parque! —gritó con alegría—. ¡Quiero quedarme!

Cuando Charlotte ya estaba con sus padres (su madre lloró un poco más y Charlotte hizo lo propio cuando sus padres dijeron que debían volver a casa), Jakob me enganchó la correa y me rascó la cabeza.

—¿Quieres ir a jugar al mar, Ellie? —me preguntó.

Jakob me llevó hasta allí. El agua no dejaba de deslizarse hacia mí intentando mojarme. Yo retrocedía de un salto y le ladraba. Incluso intenté morder una espuma blanca que se arremolinó entre mis patas. Jakob se reía un poco, y esa risa era el sonido más alegre que le había oído nunca.

Luego encontró un palo y lo tiró a la zona en el que el agua era poco profunda. Con cuidado, me metí en ella para cogerlo. El agua creció entre mis patas y llegó a rozarme el pelaje de la barriga, pero no fue tan terrible como había creído. Aun así, me sentía ansiosa: tenía miedo de que Jakob entrara en el agua y se hundiera. Solo con pensarlo me entraba pánico. Cogí el palo, que sabía a sal y a madera, y corrí hasta Jakob, salpicándolo todo a mi alrededor.

Por una vez, vi una auténtica sonrisa en su rostro.

—¡Es el mar, Ellie! ¡El mar! —me dijo.

Y estuvo lanzando palos hasta que yo ya corría a cogerlos sin dudar un momento, metiéndome en las olas y mojándome desde el hocico hasta la cola. Me sentía feliz. Jakob no iba a hundirse: se había quedado en la orilla y sonreía.

Noté que, mientras jugábamos, esa cosa que le atenazaba el corazón se había aflojado un poco.

8

$\mathcal{A}$l día siguiente, Gypsy no estaba en el cercado, pero Cammie sí. Intenté que se interesara por el fantástico juego de «yo-tengo-la-pelota-pero-tú-no»; sin embargo, él permaneció tumbado con la cabeza sobre las patas mirándome con expresión tolerante.

Luego, Jakob salió al patio.

—¡Ellie! —llamó.

Nunca había oído ese tono de urgencia. Dejé la pelota de inmediato y corrí hasta la verja para que me pudiera sacar. Era evidente que íbamos a «trabajar» en algo muy importante.

Nos apresuramos a llegar a la camioneta y nos fuimos. Cuando girábamos por las esquinas, los neumáticos chirriaban con tanta fuerza que podía oír aquel ruido a pesar de la sirena.

Tuve que aplastarme contra el suelo e hincar las uñas en él para no resbalar por el interior de la jaula.

La camioneta se detuvo bruscamente. Vi a unas personas que se habían reunido en el aparcamiento. Eso no era raro. La gente venía muchas veces a vernos «trabajar» a Jakob y a mí. Pero parecían más preocupadas de lo habitual. Una de ellas, una mujer, tenía tanto miedo que no podía mantenerse en pie. Dos personas la sostenían. Jakob estaba tan ansioso que se me pusieron los pelos de punta.

Me dejó en la jaula y se fue a hablar con esa gente. Lo esperé gimiendo. Algo iba mal, muy mal. La única manera de hacer que mejorara era ir a trabajar de inmediato.

Nos encontrábamos en un aparcamiento situado junto a un edificio grande con unas puertas de vidrio. La mujer que estaba asustada introdujo la mano en una bolsa y sacó un juguete blando y flexible. El juguete tenía unas largas orejas, como un conejo, pero había perdido casi todo el pelo.

—Hemos cerrado el centro comercial —dijo alguien.

Jakob se acercó a la puerta de mi jaula y la abrió. Me acercó aquel conejo blando para que lo oliera.

—¿Vale, Ellie? ¿Lo tienes? ¡Venga, busca, Ellie!

Otra niña, como Charlotte. Pero diferente. Tenía su propio olor, por supuesto; todos los humanos tenían su propio olor. Este era una combinación de sudor, de tierra, de crema de cacahuete, de sal, de un jabón que olía como la miel y de migas de galleta. Salté a aquel duro y oscuro suelo, intentando esquivar todos los olores que me rodearon.

El suelo desprendía un olor amargo y un tanto oscuro, igual que su apariencia. Lo habían pisado muchos pies. Encontré un charco que despedía un horrible olor a aceite y a gasolina. Alguien había dejado caer una taza de café. Me aparté de esos olores para concentrarme: estaba buscando a la niña.

No me di cuenta de que me había puesto delante de un coche en marcha. El conductor frenó de repente haciendo rechinar las ruedas.

—Eh, qué de… —oí que decía enfadado.

A mis espaldas, Jakob levantó una cosa en el aire con la mano.

—¡Perro policía! —dijo, cortante—. ¡Aparte su vehículo!

—Vale, lo siento —farfulló el conductor.

Pero yo no estaba prestando atención a nada de eso. El coche no era importante. Había encontrado el rastro de la niña que había tenido ese conejo en las manos. Pero su olor estaba mezclado con otro, fuerte y desconocido. Fuerte…, adulto…, macho. Seguí los dos olores rápidamente, segura de mí misma.

—¡Lo tiene! —oí que gritaba Jakob.

Sin embargo, el olor desaparecía justo en el lugar en que había un coche aparcado. Las dos personas a las que había estado siguiendo se habían marchado. Debían de haberse ido en otro coche. Luego ese automóvil había ocupado su lugar. Me giré para llevar a Jakob hasta allí, pero él no pareció contento. Era evidente. Una nube de frustración y decepción se cernieron sobre él. Me encogí un poco. ¿No había hecho «trabajar» bien? Las otras veces él siempre se había alegrado.

—Vale, buena chica, Ellie, buena perra.

Se sacó un anillo de goma del bolsillo. Pero solo estuvo jugando conmigo un par de minutos. Me di cuenta de que estaba pensando en otra cosa.

Jakob me había dicho que era una buena perra, pero yo no me sentía así. Él no estaba contento. No lo había hecho bien. Quizá ni siquiera lo había hecho.

—Hemos seguido el rastro hasta aquí —le dijo Jakob a un hombre que vestía un traje—. Parece que se subió al coche y se marchó. ¿Hay vigilancia en el aparcamiento?

—Ahora lo estamos comprobando. Si es quien creemos que es, el coche es robado —repuso el hombre.

—¿Adónde se la habrá llevado? Si es él, ¿dónde puede haber ido? —preguntó Jakob.

El hombre del traje giró la cabeza y achicó los ojos mirando hacia las verdes colinas que se veían a lo lejos.

—Topanga Canyon. O Will Rogers State Park.

—Iremos en esa dirección —dijo Jakob—. A ver si podemos detectar algo.

Me sorprendió que Jakob me hiciera subir a la parte delantera de la camioneta. ¡Nunca me había dejado ser un perro de asiento delantero! Pero no lo hacía porque estuviera de buen humor. Eso estaba claro. Seguía tenso, así que me mantuve concentrada mientras él ponía en marcha el motor. Adelantamos a un coche que llevaba dos terriers en la parte trasera. Al verme, soltaron unos ladridos de pura envidia: yo iba en el asiento delantero y ellos no.

No les hice ni caso.

Salimos del aparcamiento. Jakob volvió a acercarme aquel conejo. Lo olisqueé, obediente, pero me sentía confundida. ¿No había hecho eso ya? ¿No lo hacía bien?

—Vale, chica —dijo Jakob—. Sé que esto te parecerá extraño, pero busca.

Lo miré, atónita. ¿Busca? ¿En la camioneta?

Jakob conducía despacio y me dirigía miradas rápidamente antes de volver a concentrarse en la carretera. Me había dicho que buscara, pero yo no sabía cómo hacerlo. No podía acercar el hocico al suelo para buscar el olor de esa niña del conejo. Pero podía...

Levanté el hocico hacia la ventanilla. Los olores pasaban a tal velocidad que resultaba difícil distinguirlos.

—¡Buena chica! —me felicitó Jakob—. ¡Busca! ¡Busca a la niña! —dijo, frenando. Detrás de nosotros, los coches hacían sonar los cláxones—. ¿Lo tienes, chica? —me preguntó.

Pero el olor había desaparecido.

—No pasa nada, no pasa nada, Ellie. Buena chica —dijo Jakob, y continuó avanzando con la camioneta.

Ahora lo comprendía: estábamos haciendo «trabajo» desde dentro de la camioneta. En lugar de que fueran mis piernas las que se movían por el suelo para seguir un olor, la camioneta lo hacía por mí. Volví a sacar el hocico por la ventana. Asfalto caliente, humo de los coches, un aroma de una cosa asquerosa y deliciosa que salía de un contenedor lleno de basura, el rastro de grasa y de sal del pollo asado procedente de un restaurante... Pero ninguno de esos olores era el correcto. Me esforzaba, ignorando todos los olores que no fueran el del juguete.

Noté que la camioneta se inclinaba al subir por una colina. Jakob se sentía decepcionado. Eso era evidente.

—Creo que la hemos perdido —murmuró—. ¿Nada, Ellie?

Al oír mi nombre, me giré y lo miré. Luego volví a «trabajar». Los olores estaban cambiando. Ahora notaba el penetrante y fuerte olor de los pinos. El de la tierra caliente. El de la hierba seca. Pero no el de la niña, no el olor que debía encontrar.

—Unidad ocho-kilo-seis, estamos subiendo por Amalfi.

—¿Ha habido suerte?

—Hemos averiguado algo en Sunset. Pero nada más.

—Recibido.

Ladré. Normalmente, no ladraba cuando encontraba un olor, pero estábamos haciendo «trabajo» en la camioneta y Jakob estaba muy preocupado. Nada de eso era normal.

Así pues, cuando el olor entró por la ventanilla inundando la cabina de la camioneta, no me pude contener. Empecé a menear la cola golpeando el asiento. ¡Era ese! Había vuelto a encontrar el olor: el de la niña y el del hombre juntos.

La camioneta aminoró la velocidad. Mantuve el hocico orientado hacia el lugar de donde llegaba el olor.

Jakob detuvo la camioneta.

—Vale, ¿por dónde, Ellie? ¿Por aquí? —me preguntó.

Salté a su regazo y saqué la cabeza por su ventanilla.

—¡Hacia la izquierda en Capri! —exclamó Jakob.

Al cabo de unos minutos, la camioneta empezó a botar en el suelo.

—¡Estamos en el cortafuegos! —gritó Jakob.

Permanecía alerta, concentrada, mientras Jakob se esforzaba con la camioneta intentando avanzar por la estrecha carretera. Me apartó hacia el otro asiento, alejándome del olor.

Gimoteé, confusa.

—Lo siento, chica, tengo que conducir —murmuró—. Espera, espera…

De repente, la camioneta se detuvo con una sacudida delante de una valla amarilla.

—Necesitamos al Departamento de Incendios aquí —dijo Jakob con tono apremiante—. Hay una valla.

—Recibido —oí que decía una voz por la radio.

Jakob abrió la puerta de la camioneta y los dos bajamos de un salto.

Al lado de aquella extraña carretera, había un coche rojo aparcado. Corrí hacia él. Tenía las orejas erguidas y olisqueaba con frenesí: estaba más que alerta.

Jakob había sacado su pistola.

—Tenemos un Toyota Camry rojo, vacío. Ellie dice que pertenece a nuestro hombre.

Jakob me llevó al otro lado del coche mientras me observaba con atención.

—No parece que haya nadie en el maletero del coche —dijo.

—Recibido —contestó la voz por la radio.

El olor en el automóvil no era tan fuerte como el que me traía la brisa. Por encima de donde nos encontrábamos, entre los árboles, había un cañón. Ahí era donde debíamos ir. Ahí estaba la niña a la que buscábamos.

Al otro lado de la valla amarilla, detecté un camino cuya pendiente tenía el olor de aquel hombre. Un olor pegado a la tierra de la carretera y muy fuerte. El de la niña era más delicado y se elevaba por el aire.

El hombre la había llevado en brazos.

—El sujeto bajó por la carretera hacia el campamento —dijo Jakob—. Va a pie.

—Ocho-kilo-seis, espere refuerzos.

Jakob no hizo caso a la voz que salía de su *walkie-talkie*.

—Ellie —me dijo, guardándose la pistola en el cinturón—, vamos a buscar a la niña.

9

*J*akob estaba asustado.

Percibía su miedo, que emanaba de su cuerpo y se disolvía en el aire. Eso me ponía nerviosa. Jakob ya había estado nervioso otras veces mientras hacíamos «trabajar». Y siempre estaba serio. Pero nunca lo había visto asustado.

Regresé corriendo para darle un golpe en la mano con el hocico. Me sentía mejor si podía tocarlo. Necesitaba buscar y «trabajar». Eso haría que el miedo de Jakob desapareciera.

El olor de la niña, tenue pero claro, me empujaba a continuar bajando por la pendiente de la carretera. El camino se curvó y perdí a Jakob de vista. Iba detrás de mí. Por delante había unos cuantos edificios esparcidos por la hierba.

Uno de ellos tenía unos escalones que conducían hasta un gran porche. En él había un hombre de espaldas a mí que trabajaba en la puerta con una larga herramienta de metal. Vi a una niña pequeña sentada en silencio en los escalones, acurrucada contra la barandilla como si tuviera frío. Pero no era un día frío. Yo sentía el calor del sol en el pelaje y estaba jadeando.

Aminoré un poco el paso hasta ponerme al trote mientras avanzaba por la hierba. Al verme, el triste rostro de la niña se iluminó un poco. Se irguió y alargó una de sus pequeñas manos.

El hombre se giró y me observó. Cuando nuestras miradas se encontraron, se me erizaron los pelos y le enseñé los dientes. Había algo oscuro dentro de él, algo maligno y erróneo. No me gustaba su olor y no me gustaba que estuviera tan cerca de la niña.

El tipo levantó la cabeza y miró hacia el camino por donde yo había venido.

Me di la vuelta y regresé corriendo.

—¡Perrito! —llamó la niña.

Hincando las uñas en la hierba, corrí a toda velocidad hasta donde estaba Jakob, que se aproximaba al trote.

—La has encontrado —dijo en cuanto me vio—. Buena chica, Ellie. ¡Llévame!

Jakob era capaz de correr casi tan deprisa como yo; recorrimos rápidamente el camino hacia la casa. La niña todavía estaba allí, y parecía confundida. Pero no se veía al hombre por ninguna parte.

—Ocho-kilo-seis, la víctima está a salvo —dijo Jakob jadeando a su *walkie-talkie*—. El sospechoso ha huido a pie.

—Quédese con la víctima, ocho-kilo-seis.

—Recibido.

Oí, distante, el sonido de la hélice de un helicóptero y, luego, el de unos pies que corrían por el camino, detrás de nosotros. Dos policías aparecieron por la curva, sudando.

—¿Qué tal, Emily? —dijo uno de ellos mientras corría hasta la niña. Con cuidado para no tocarla, se arrodilló a su lado y le acercó el rostro—. ¿Te duele algo?

—No —dijo la niña, cogiendo una flor que tenía en el vestido.

—¿Estás bien? ¿Estás bien, pequeña?

Un tercer policía había llegado corriendo, pero más despacio que los otros dos. Jadeaba. Al detenerse, apoyó las manos en las rodillas. Era más corpulento que los otros dos, más alto y más pesado. El aliento le olía a helado.

—Se llama Emily —dijo el primer policía.

Jakob estaba de pie a mi lado, observando. La niña levantó la cara hacia él y sonrió con timidez.

—¿Puedo acariciar al perrito? —preguntó.

Percibí el alivio de Jakob; el miedo se iba disolviendo al calor del sol. Así es como supe que había hecho bien «trabajar», a pesar de que había sido extraño hacer «busca» desde la camioneta. Meneé la cola.

—Claro que sí —repuso Jakob con amabilidad—. Luego tendremos que volver a trabajar.

Levanté las orejas al oír la palabra «trabajar». Emily me acarició la cabeza y sonrió. Ya no estaba asustada. Le lamí los dedos rápidamente.

Todavía notaba que Jakob estaba serio, a pesar de que le sonreía a Emily. De alguna manera, supe que no habíamos terminado.

—Vale, yo... iré contigo —dijo el policía corpulento. Todavía estaba jadeando—. John, vosotros… os quedaréis aquí con la niña. Vigilad que ese tipo no regrese dando un rodeo.

—Si estuviera cerca, Ellie nos lo diría —repuso Jakob.

Lo miré. ¿Ya estábamos listos? ¿Ya era la hora?

—¡Busca! —dijo Jakob.

De un salto, me adentré en los arbustos, que, en algunos puntos, eran muy densos. El suelo era arenoso y poco compacto. Pero me resultaba fácil seguir el rastro del hombre: era un rastro fresco. Se dirigía en línea recta colina abajo.

El olor era penetrante y fuerte en una zona de hierbas altas. Regresé corriendo con Jakob.

—¡Llévame! —dijo, y me siguió.

Lo conduje hasta la hierba alta y hasta la barra metálica que estaba allí escondida y empapada del desagradable olor de aquel hombre.

Jakob y yo tuvimos que esperar más de dos minutos a que el otro policía llegara.

—Me he caído… un par de veces —dijo, jadeando.

Percibí su incomodidad y olí lo mucho que sudaba.

—Ellie dice que llevaba esta palanca —le informó Jakob con actitud tensa—. Parece que ha tirado su arma.

—Vale. ¿Y ahora qué?

—¡Busca! —ordenó Jakob.

Me lancé hacia delante a la carrera, dejándoles detrás. El olor de ese hombre estaba en los matorrales y en el aire; no tardé mucho en oírle avanzar entre las hojas y la hierba. Aceleré el paso. La brisa que me llegaba se hizo más húmeda y me hacía llegar su olor con mayor fuerza.

Crucé un matorral espinoso y salí a un pequeño claro. El aire estaba húmedo a causa de un pequeño arroyo; los árboles levantaban las ramas hacia arriba proyectando una agradable sombra en el suelo. El hombre, al verme, se agachó detrás de uno de esos árboles, igual que hacía Wally. Pero Wally jamás me había podido engañar. Ese hombre de olor oscuro y amargo tampoco podría.

Me di la vuelta y regresé corriendo con Jakob.

—¡Llévame! —dijo.

Me mantuve cerca de él mientras avanzábamos por los matorrales y los árboles jóvenes hacia donde había dejado a ese hombre. Por fin, salimos al claro, donde se oía el arroyo saltar por las piedras.

Sabía que ese hombre se había escondido; me llegaba el olor de su miedo, de su odio y de su enfado.

Conduje a Jakob hasta el árbol.

El hombre salió a plena luz del sol.

Oí que Jakob gritaba:

—¡Policía! ¡Alto!

El tipo levantó una mano; se oyó un estruendo cortante como el de un trueno.

Solo era una pistola. Nada más. Sabía lo que era una pistola: Jakob me lo había enseñado. No había problema. El ruido no me hacía daño. No le hacía daño a nadie.

Sin embargo, noté que Jakob sufría una punzada de dolor y vi que caía al suelo. Percibí el olor de la sangre, cálido y salado; su pistola rebotó sobre las rocas y las raíces.

El hombre dio otro paso hacia delante con el brazo todavía levantado y con la pistola apuntando hacia Jakob y hacia mí. Detecté su placer y vi su sonrisa de satisfacción. Y no supe cómo, pero me di cuenta de que había hecho daño a Jakob. Había utilizado la pistola para hacer ruido y ahora Jakob estaba en el suelo.

Detrás de mí, Jakob respiraba con dificultad.

No gruñí: solamente bajé la cabeza y me lancé contra él. La pistola hizo ese horrible ruido dos veces más. De repente, tuve la muñeca de ese hombre en la boca. La pistola se le cayó al suelo con un golpe sordo. Ahora ya no podría hacer ese estruendo que hacía daño a la gente, que había herido a Jakob.

El hombre me gritó, pero no lo solté y empecé a mover la cabeza de un lado a otro violentamente, como si fuera mi presa. Le rompí la piel y los músculos del brazo con los dientes.

Él me clavó el pie en las costillas, pero no aflojé la mandíbula.

—¡Suelta! —gritó.

—¡Policía! ¡Quieto! —oí que gritaba otra voz.

Era el policía corpulento, que se había abierto paso por entre unos arbustos.

—¡Sácame el perro de encima!

—Ya está, Ellie. Suelta, Ellie. ¡Suelta! —ordenó el policía.

Le solté el brazo y el hombre cayó de rodillas al suelo. Me miró a los ojos. Noté su dolor, pero también su astucia. Estaba contento de una manera rara y retorcida, a pesar de que estaba en el suelo y de que le sangraba el brazo.

No me fiaba de él, así que le gruñí para avisarle. No se saldría con la suya.

—Ellie, ven aquí —me ordenó el policía.

Siempre había obedecido lo de «ven», desde que Jakob me había enseñado esa orden con premios que llevaba en el bolsillo. Retrocedí, pero no aparté la mirada del hombre que sangraba.

—¡El perro me ha destrozado el brazo! —gritó el tipo.

Hizo un gesto hacia algo que estaba detrás y a la izquierda del policía.

Cuando el policía se dio la vuelta para comprobar si había alguien a sus espaldas, el tipo se lanzó hacia delante, recogió su pistola y se puso en pie. Ladré con fuerza de inmediato. Todo el cuerpo se me puso en tensión, a punto de saltar.

Disparó y el ruido me dañó los oídos. Sin embargo, el policía corpulento ya se estaba dando la vuelta. Su arma hizo ruido dos veces; el otro cayó al suelo igual que Jakob.

—No me puedo creer que haya picado —masculló el policía corpulento mientras apuntaba al hombre tumbado en el suelo.

Dio unos cuantos pasos con prudencia y alejó la pistola del suelo de una patada.

—¿Ellie? ¿Estás bien? —preguntó Jakob con voz débil.

—Está bien, Jakob. ¿Dónde te ha dado?

—En el vientre.

Por mi parte, ya había abandonado a aquel hombre: ya no era una amenaza. De eso me daba cuenta.

Y Jakob me necesitaba. Me arrastré con cuidado por el suelo para poder darle un golpe en la mano con el hocico. Sabía que debía tener mucho cuidado de no tocarlo demasiado.

Jakob no levantó la mano para rascarme la cabeza, tal como hacía siempre. Yo se la lamí y gemí. Percibía su dolor, que le recorría todo el cuerpo. El olor de la sangre era potente. Resultaba casi imposible oler nada más.

—Agente abatido, sospechoso abatido. Estamos… —El policía miró hacia el cielo—. Estamos debajo de unos árboles, en el cañón. Necesitamos un médico para el agente.

—¿Quién es el agente? —oí que decía la voz de su *walkie-talkie*.

—Ocho-kilo-seis. Necesitamos ayuda aquí, ahora.

No sabía qué hacer. Jakob había tenido miedo antes, aunque ahora parecía tranquilo. Pero yo no lo estaba. Jadeaba y temblaba de miedo. Había hecho mi trabajo: había encontrado a la niña, que estaba a salvo. Había encontrado a ese hombre.

Eso estaba bien, ¿verdad? ¿No era eso lo que se suponía que debía hacer?

Sin embargo, ese hombre le había hecho daño a Jakob. No era eso lo que debería haber sucedido. Se suponía que encontrar a personas significaba salvarlas, aunque no sabía por qué. Y yo estaba allí, justo a su lado. Pero eso no era suficiente. No era lo que él necesitaba.

El policía corpulento se arrodilló al lado de Jakob.

—Están de camino, hermano. Ahora solo tienes que aguantar un poco.

Su voz sonaba preocupada. Con cuidado, le desabrochó la camisa a Jakob para echar un vistazo: el miedo que sintió al hacerlo me hizo lloriquear.

Al cabo de poco oí el ruido de los pasos de varias personas que corrían hacia nosotros. Se arrodillaron al lado de Jakob y me apartaron a un lado para ponerse a hacerle algo. Me llegó el punzante olor de los productos químicos y vi que le presionaban con unas telas las zonas del cuerpo donde había más sangre.

—¿Cómo está Emily? —les preguntó Jakob con voz débil.

—¿Quién?

—La niña —explicó el policía corpulento—. Está bien, Jakob. La has encontrado. La has salvado. Todo va bien.

Llegaron más personas, que levantaron a Jakob en una cama rara y plana para transportarlo hacia arriba del cañón.

Corrí a su lado.

Por delante, oí el familiar sonido de un helicóptero que se ponía en marcha.

Los policías que habían estado con nosotros me sujetaron del collar mientras unas personas subían a Jakob al helicóptero. La hélice se puso a girar más y más deprisa, levantando las hojas con el viento; el helicóptero se elevó lentamente en el aire.

Me solté de la mano de uno de los policías y corrí hacia el helicóptero, ladrando. Pero este subía cada vez más alto. Me puse a correr en círculos por debajo y a levantarme sobre las patas traseras ladrando de frustración. ¡Yo era un perro de helicóptero! ¿Por qué no me habían dejado subir? ¡Debía ir con Jakob!

Sin embargo, el helicóptero no regresó. Al cabo de un momento, Amy vino a buscarme. Estuvo hablando un rato con el policía corpulento y luego me enganchó la correa en el collar y me llevó a dar una vuelta en la camioneta. La jaula en la que me pusieron estaba empapada del olor de Cammie.

Amy me llevó de regreso al cercado de la comisaría y llamó a Cammie en cuanto llegamos. A Gypsy no se lo veía por ninguna parte.

Amy le puso la correa a Cammie y me rascó la cabeza. Luego cerró la puerta y me dejó sola en el cercado.

—Vendrán a ver cómo estás. Ya pensaremos dónde vas a vivir, Ellie. Pórtate bien. Eres una buena perra —dijo Amy.

10

$\mathcal{M}$e enrosqué en mi cama, asustada y confusa. No me sentía una buena perra.

Había hecho «trabajar». Pero ahora Jakob no estaba y yo iba a pasar la noche sola en el cercado, en lugar de estar junto a la cama grande de Jakob, en la mía. Me sentía como si me hubieran castigado. Pero ¿por qué?

¿Por haber mordido a ese hombre de la pistola? Morder a personas no formaba parte de «trabajar». Lo sabía. Y ahora Jakob estaba herido. Recordar su dolor y el olor de su sangre hizo que me pusiera a lloriquear mientras seguía allí tumbada.

Me acordé de cómo me había sentido cuando era un cachorro y Jakob me había dejado en el apartamento. Me había sentido preocupada todas las veces que había sucedido, pero Jakob siempre había regresado. Pensar eso me hizo sentir mejor. Jakob volvería. Solo tenía que esperar.

Los días siguientes fueron un poco más confusos. Vivía en el cercado. Unas cuantas veces al día venía uno de los policías a sacarme al patio, pero nunca íbamos a «trabajar», así que me volvía a llevar al cercado rápidamente y se marchaba.

Amy venía a hablar y a jugar conmigo de vez en cuando, pero ella y Cammie estaban casi siempre fuera. A veces, Gypsy quería jugar a «yo-tengo-la-pelota-pero-tú-no», pero la verdad es que no me apetecía. Me pasaba casi todo el tiempo sentada en el cercado, esperando.

Poco a poco, el olor de Jakob fue desapareciendo del patio. Ni siquiera concentrándome podía olerlo. Si se suponía que debía encontrarlo, no podría hacerlo. Cuando pensé en eso, me puse a ladrar con tanta furia que Amy vino a sacarme y a hablar conmigo.

No comprendí sus palabras, pero me sentí un poco mejor. Ese día estuve jugando con Gypsy y le quité la pelota dos veces.

Al cabo de unos cuantos días, Amy sacó su comida a una mesa que había en el patio. Cammie y yo estábamos en el cercado juntos, pero lo único que él quería era dormir. No estaba interesado en jugar, ni siquiera cuando le mostré el hueso de goma que me había dado uno de los policías.

No comprendía cuál era el trabajo de Cammie. ¿Para qué querría alguien tener a un perro que dormía?

Pero Cammie sí se mostró interesado en la comida de Amy. Nos dejó salir a ambos. Él fue directo hacia la mesa, se sentó a sus pies y suspiró, como si tuviera serios problemas que solo pudieran resolverse con un bocado de ese bocadillo de jamón.

Una mujer salió a reunirse con Amy y se sentó al otro lado de la mesa.

—Hola, Maya —dijo Amy.

Maya tenía el pelo y los ojos oscuros. Era alta para ser una mujer. Sus brazos eran fuertes. El pantalón le olía un poco a gato. Se sentó y abrió una caja pequeña, luego sacó un tenedor y empezó a comer algo especiado.

—Hola, Amy —dijo—. Hola, Ellie.

Me di cuenta de que Maya no le había dicho hola a Cammie: eso me gustó. Me cayó bien. Amy también me caía bien, pero pertenecía a Cammie. No era mi ser humano, como lo había sido Jakob.

¿Cuándo regresaría? Hacía mucho tiempo que se había marchado. Pero Maya estaba justo ahí. Y olía bien. También su comida olía bien. Me acerqué un poco más a ella. Maya me acarició la cabeza y me alisó el pelaje. Noté el aroma del jabón y el penetrante olor de tomates en su piel.

—¿Has entregado los papeles? —preguntó Amy.

—Cruzo los dedos —repuso Maya.

Me tumbé y me puse a mordisquear mi hueso de goma. Quizá Maya se diera cuenta de lo que me estaba divirtiendo y decidiera volver a reclamar mi atención compartiendo un poco de su comida conmigo.

—Pobre Ellie. Tiene que estar muy confundida —dijo Amy.

Levanté la cabeza. ¿Comida?

—¿Estás segura de hacerlo? —preguntó Amy.

Maya suspiró; percibí cierta tensión en ella.

—Sé que es un trabajo duro. Pero ¿qué trabajo no lo es? Estoy llegando a ese punto en que cada día es lo mismo. Me gustaría probar algo nuevo, hacer algo diferente durante unos años. Eh, ¿quieres un taco? Los ha hecho mi madre. Están muy buenos.

—No, gracias.

Me senté. ¿Taco? ¡Yo quería un taco!

Maya envolvió lo que le quedaba de la comida, como si yo ni siquiera estuviera allí.

—Vosotros, los de la K-9, estáis en muy buena forma. Para mí es tan difícil perder peso… ¿Crees que podré hacerlo?

—¿Qué? ¡No, estás bien! ¿Es que no pasaste la prueba física?

—Sí, claro —dijo Maya.

—Bueno, pues ya lo tienes. —Amy metió su bandeja en un pequeño saco de papel—. Quiero decir que, si quieres correr conmigo, normalmente voy un rato después del trabajo. Pero estoy segura de que lo harás genial.

Noté que Maya se tranquilizaba un poco, como si las palabras de Amy fueran las que necesitaba.

—Eso espero —dijo—. No soportaría decepcionar a Ellie.

Decidí que, por mucho que pronunciaran mi nombre, esa conversación no iba a incluir nada relacionado con comida. Me tumbé relajadamente al sol soltando un suspiro y preguntándome cuánto tiempo faltaba para que Jakob regresara y pudiéramos ir a hacer «trabajar» otra vez.

Maya vino a comer al patio unas cuantas veces después de aquel día. Luego, un día vino sin comida. Estaba contenta y excitada: aquello emanaba de su cuerpo. Y sonreía. Me enganchó la correa y me llevó a dar un paseo en coche.

—Vamos a trabajar juntas, Ellie. ¿No es fantástico? Ya no tendrás que dormir en el cercado. Te he comprado una cama, podrás dormir en mi habitación.

Había pronunciado unas cuantas palabras que yo conocía: «Ellie», «cercado», «cama». Y, por supuesto, «trabajar». Pero nada de lo que dijo tenía mucho sentido para mí. No íbamos a «trabajar», de eso me di cuenta por el tono de voz de Maya y porque en su cuerpo no había tensión. Entonces ¿por qué hablaba de ello?

Sin embargo, no me importó mucho. Me alegraba de ir a alguna parte después de tantos días de estar en el mismo sitio. Además, Maya me había dejado ir en el asiento trasero de su coche. Saqué el hocico por la ventanilla y me dejé impregnar por todos esos olores que no tenían nada que ver con el cercado.

Maya detuvo el automóvil en el camino de una pequeña casa. En cuanto me llevó hasta la puerta, supe que era la suya, pues su olor estaba por todas partes. Pero también había olor de gatos.

Eso fue algo decepcionante.

Inspeccioné detenidamente todos los rincones de la casa. Había un gato anaranjado sentado en una silla, al lado de una mesa. Me miró con desconfianza y frialdad. Cuando me acerqué meneando la cola, abrió la boca para mostrarme los dientes y me bufó en silencio.

—Stella, sé amable. Esta es Stella. Stella, te presento a Ellie. Ahora vivirá aquí.

Stella bostezó y giró la cabeza para lamerse el pelaje de la espalda, como si mi presencia no mereciera su interés. Le hubiera enseñado una buena lección, pero un destello gris y blanco captó toda mi atención.

—¿Tinker? Esa es Tinkerbell. Es tímida.

¿Otro gato? Seguí a Maya hasta el dormitorio. Allí vi a un tercer gato, un macho grande de color marrón y negro que salió de debajo de la cama y vino a olisquearme. Noté el olor a pescado de su aliento.

—Y este es Emmet —me dijo Maya.

Stella, Tinkerbell y Emmet. ¿Por qué motivo querría una mujer vivir con tres gatos?

Tinkerbell permaneció debajo de la cama durante todo esa tarde, creyendo que no podría olerla si estaba allí. Cuando Maya me puso comida en un cuenco, Emmet vino a la cocina y metió el hocico en mi cena. Luego levantó la cabeza y se alejó, como si no le importara en absoluto que yo estuviera comiendo y él no. Me aseguré de lamer bien el cuenco hasta dejarlo limpio; no permitiría que ningún gato probara mi comida. Stella se había quedado en la silla observándome sin pestañear.

Después de cenar, Maya me sacó a un pequeño patio.

—¡Buena chica, Ellie! —exclamó, al ver que había hecho lo que se suponía que debía hacer.

Algunos seres humanos se excitaban mucho cuando veían a un perro orinando en su patio, así que supuse que Maya era uno de ellos.

Ella se hizo la cena, que tenía un olor bastante bueno. ¡Y Stella debió de pensar lo mismo, porque saltó a la mesa y se paseó por encima como una gata mala! No me podía creer esa falta de modales. Maya ni siquiera la reprendió. Supongo que pensaba que no valía la pena enseñar a los gatos. Y después de pasar una tarde con esos tres, no podría estar más de acuerdo con ella.

Cuando terminó de cenar, salimos a dar un paseo con la correa. Había mucha gente fuera, en los patios, tanto adultos como niños de todas las edades. Notar todos esos olores me intranquilizó. Hacía mucho tiempo que no hacía «trabajar» y empezaba a ponerme nerviosa. Deseaba correr, buscar, salvar personas y, sin quererlo, empecé a tirar de la correa que Maya sostenía en la mano.

Ella pareció comprenderme.

—¿Quieres correr un poco, chica? —preguntó, y empezó a trotar a mi lado.

Aceleré el paso, pero manteniéndome al lado de Maya, tal como Jakob me había enseñado a hacer. Al cabo de poco, su respiración se hizo audible y empecé a notar el olor de su sudor. Por las casas por donde pasábamos, los perros ladraban, celosos de que nosotros estuviéramos corriendo y ellos no.

Pero, de repente, Maya se detuvo.

—¡Vaya! —exclamó—. Bueno, tendremos que pasar un poco más de tiempo entrenando. Eso está claro.

Me sentí algo decepcionada. ¿Ya no corríamos más? Pero al notar que Maya daba un tirón de la correa, la seguí, obediente, y volvimos hacia casa.

Supuse que la casa de Maya ahora también era la mía.

Esa noche lo comprendí. Me tumbé encima de la alfombra del salón mientras Maya se daba un baño y se quitaba la ropa para ponerse otra más suave. Luego, me llamó desde su dormitorio.

—Bueno, túmbate aquí, Ellie, buena chica —dijo, dando unas palmaditas a una cama para perro.

Ya conocía esas camas. Me tumbé allí de inmediato. Maya me felicitó antes de tumbarse en la cama grande. Pero, la verdad, me sentía algo confundida.

¿Iba a quedarme ahí durante un tiempo? Recordé que también había vivido un tiempo en el sótano con mi madre y mis hermanos, y que luego me había ido a vivir con Jakob. ¿Las cosas habían cambiado otra vez? ¿Ahora vivía allí?

¿Y qué pasaba con Jakob? ¿No iba a regresar esta vez? En otras ocasiones, lo había esperado con paciencia, y él siempre había regresado. ¿Sería diferente esta vez?

¿Y lo de «trabajar»? ¿Cómo podría hacer «trabajar»?

A la mañana siguiente, lo descubrí.

Maya me llevó con su coche al parque al que yo había ido tantas veces con Jakob. Wally estaba allí: me saludó como un viejo amigo. Belinda también había venido. Al verme, sonrió y me rascó detrás de la cabeza justo de la manera adecuada. Luego saludó con la mano y se alejó por el bosque mientras Wally se quedaba hablando con Maya.

Comprendí muchas de las palabras que Wally le dijo a Maya. «Ven» y «busca» y «llévame». Pero no me las estaba diciendo a mí, así que no me pareció que debiera hacer nada. Así pues, me tumbé y apoyé la cabeza en las patas delanteras, suspirando de impaciencia. ¿Es que no me iba a hacer «trabajar»?

Y entonces Maya dijo algo emocionante:

—¡Busca, Ellie!

Me puse en pie de un salto. ¡Sí! ¡«Trabajar»! ¡Por fin!

Me puse rápidamente a olisquear por la hierba y detecté un rastro. Era de Belinda. Olía a café y a un perfume penetrante, así como al azúcar del dónut que se había comido. Seguí el rastro corriendo por el simple placer de hacerlo. Wally y Maya me siguieron.

Belinda estaba sentada dentro de un coche. ¡Si creía que de esa manera me engañaría, no había tenido suerte! Di la vuelta para regresar con Maya.

—Mira, ¿ves su expresión? —dijo Wally—. Ha encontrado a Belinda. Se le ve en la cara.

Esperé con impaciencia a que Maya me ordenara «llévame», pero estaba demasiado ocupada hablando con Wally. Me hubiera puesto a ladrar de impaciencia, pero me contuve, a pesar de que la espera se me hacía dura. ¡Hacía tanto tiempo que no había encontrado a nadie que ahora quería terminar el trabajo!

—No estoy segura —dijo Maya—. No parece muy diferente de las otras veces que vuelve.

—Mírale los ojos y fíjate en cómo tensa la lengua —le dijo Wally—. No tiene la lengua fuera, ¿ves? Está en alerta, espera el «llévame».

Al oír «llévame» quise ponerme en marcha, pero me contuve. En realidad, no había sido una orden. Pero ¿por qué no? ¿Por qué no estábamos haciendo «trabajar»?

—¿Así que ahora le tengo que decir «llévame»? —preguntó Maya.

Gimoteé. ¡Ya bastaba de tomarme el pelo! ¿Estábamos «trabajando» o no?

—¡Llévame! —dijo Maya por fin.

¡Sí! ¡Por fin! Crucé el parque a la carrera. Maya se apresuró detrás de mí. Belinda salió del coche riendo en cuanto la encontré.

—Eres una perra muy buena, Ellie —me dijo.

—Ahora juega con Ellie —le dijo Wally a Maya—. Es importante: es el premio por un trabajo tan difícil.

Maya se sacó una cosa del bolsillo: era el hueso de goma del cercado. Salté y lo agarré con los dientes. Maya se rio y tiró del hueso mientras yo también tiraba e intentaba girar en círculo por la hierba.

Era diferente de las veces en que Jakob había jugado conmigo. Él lo hacía porque debía hacerlo; formaba parte de «trabajar». Pero Maya se rio incluso cuando le quité el hueso y estuvo a punto de caerse al suelo.

—¡Tienes mucha fuerza, Ellie! —exclamó, y continuó riéndose—. ¡Buena chica, Ellie!

Me acarició y me rascó el cuello.

Estuvimos jugando un poco más a la guerra de dar tirones al hueso antes de volver a hacer «trabajar».

Con Maya era diferente. Pero continuaba siendo hacer «trabajar». Eso era lo más importante.

11

Con Maya había más cosas diferentes. Respecto a mi antigua vida con Jakob, casi todo había cambiado.

Para empezar, estaban esos gatos. Además, ella conocía a mucha más gente que Jakob. Muchas noches se iba a una casa más grande donde había un montón de personas y una mujer que olía maravillosamente y que se llamaba Mamá. Mamá siempre estaba cocinando: por eso olía tan bien. Cuando Maya y yo íbamos de visita, había niños pequeños que correteaban por todas partes jugando entre ellos.

Los niños mayores exclamaban: «¡Ellie, Ellie! ¡Ven, Ellie!», y casi se olvidaban de decirle «hola» a Maya. Los chicos me lanzaban pelotas que yo, paciente, les llevaba de vuelta. Las niñas me ponían sombreros y se reían tanto que tenían que sujetarse las unas a las otras para no caerse al suelo. Y los más pequeños trepaban encima de mí y me metían los dedos en los ojos.

Pero no me molestaba mucho. Recordaba cómo mis hermanos y yo jugábamos con Bernie. Esos pequeños eran como cachorros, estaba claro. Todavía no sabían jugar correctamente. Mientras aprendían, tenías que ser paciente.

Cuando me cansaba de que me tiraran del pelo, simplemente me sacudía con cuidado para apartarlos e iba a sentarme debajo de la mesa de la cocina. Mamá siempre estaba en esa habitación, removiendo el interior de unos cuencos o catando cosas de diferentes ollas. Casi siempre había algo sabroso que lamer en el suelo. Me encantaba ir a la cocina.

En casa, Maya tenía un vecino que se llamaba Al y al que le gustaba venir y hablar con ella. Había una palabra que decía tan a menudo que al final me la aprendí. La palabra era «ayuda».

«¿Necesitas ayuda para llevar esas cajas, Maya?», o «¿Necesitas ayuda para arreglar la puerta?». «No, no», respondía Maya.

Un día, no mucho después de que yo empezara a vivir con Maya, le preguntó:

—¿Tienes un perro nuevo?

Se agachó y me rascó detrás de las orejas de una manera que hizo que me cayera bien de inmediato. No todo el mundo sabe rascar bien, con la firmeza necesaria y en el punto justo. Al sí sabía. Feliz, me apoyé en él para que no dejara de hacerlo. Al olía a papeles, a tinta, a café y a nerviosismo.

—Sí —dijo Maya, hablando un poco más deprisa de lo habitual—. Es el perro del Departamento de Salvamento.

Noté que la piel de Maya se ponía caliente y que le habían empezado a sudar las manos. Siempre le pasaba eso cuando Al venía y decía «ayuda». Pero no estaba asustada. Resultaba raro. A pesar de todo, mientras Al me continuara rascando, no me importaba demasiado.

—¿Necesitas ayuda para entrenar a tu nuevo perro? —preguntó Al.

Supe que estaban hablando de mí, así que meneé la cola.

—No, no —dijo Maya—. Ellie ya está entrenada. Tenemos que aprender a trabajar en equipo.

Al oír las palabras «Ellie» y «trabajar» me puse a menear la cola con fuerza.

Al se incorporó y dejó de rascarme.

—Maya… —empezó a decir.

—Creo que debería irme —farfulló ella.

Se quedaron mirándose el uno al otro. Estaban tan ansiosos que parecía que algo malo estuviera a punto de suceder de un momento a otro. Observé a mi alrededor para detectar algo que pudiera atacarnos, pero lo más amenazador que vi fue a Emmet, que nos observaba desde el otro lado de la ventana, supongo que bastante celoso de que yo estuviera fuera y él no.

—Gracias, Al —dijo Maya—. ¿Quieres…?

—Te dejo que hagas tus cosas —dijo Al.

—Oh.

—A no ser…

—¿A no ser…?

—Tú… ¿necesitas ayuda con algo?

—No, no —dijo Maya.

Al asintió con la cabeza y se fue. Noté que Maya se ponía triste. Me apreté contra ella para que pudiera rascarme las orejas.

Maya y yo íbamos a hacer «trabajar» casi cada día.

A veces hacía «busca» con Wally; a veces, con Belinda. Algunos días también venían algunos de los niños de casa de Mamá. Eso era divertido. Cuando los encontraba, se ponían muy contentos y me decían que era una buena perra una y otra vez. Luego querían jugar a «tirar-del-palo» hasta que Maya, riendo, les decía que yo debía hacer «trabajar».

Era mucho más lenta que Jakob. En cuanto se ponía a correr, empezaba a jadear y sudaba. Aprendí a no ser impaciente cuando regresaba y Maya no podía más que apoyarse las manos en las rodillas. Un día, después de haber encontrado a Wally, cuando llegué a su lado, me la encontré llorando. Parecía frustrada.

La miré, esperando a que estuviera preparada. Me daba cuenta de que se sentía triste, pero ahora no la podía consolar. Estábamos haciendo «trabajo». Ella también lo sabía, así que se secó las lágrimas rápidamente.

—Vale, Ellie. ¡Llévame!

La conduje al lugar en que Wally estaba sentado, encima de una gran roca al lado del arroyo. Luego regresamos todos hasta la mesa de pícnic. Wally sacó unas latas frías y húmedas de una bolsa de plástico y le dio una a Maya. Ella dejó un pequeño cuenco en el suelo y lo llenó con el agua de una botella. Bebí y me tumbé a la sombra de la mesa.

Percibía la preocupación de Maya, así que apoyé la cabeza sobre su pie.

—No somos lo bastante buenas para que nos den la licencia, ¿verdad? —preguntó Maya.

Oí que apoyaba los codos en la mesa y suspiraba.

—Ellie es casi el mejor perro de todos —dijo Wally con prudencia.

Parecía nervioso.

—No, sí ya sé que soy yo. Siempre he sido corpulenta.

—¿Qué? No, quiero decir…

Wally parecía asustado. Me senté, preguntándome cuál sería el peligro esta vez.

—No pasa nada. Ya he perdido un poco de peso. Unos dos kilos.

—¿De verdad? ¡Eso es fantástico! Quiero…, quiero decir, no estabas gorda ni nada —tartamudeó Wally, y me llegó el olor del sudor que empezaba a transpirar por la frente—. No sé, quizá si vas a correr, eso te ayudaría…

—¡Ya voy a correr!

—¡Claro! ¡Sí! —Wally estaba tan ansioso que me puse a gimotear un poco—. Bueno, vale, creo que será mejor que me vaya.

—No sé —continuó diciendo Maya con tono triste—. No sabía que habría que correr tanto. Es mucho más duro de lo que pensaba. Quizá debería renunciar, dejar que alguien con mejor forma física lo haga.

—Eh, ¿por qué no hablas con Belinda de esto? —dijo Wally, desesperado.

Maya suspiró y Wally, aliviado, se puso en pie y se fue.

Volví a tumbarme al lado de Maya. Fuera cual fuera el peligro que nos había estado amenazando, había desaparecido.

Al día siguiente, Maya y yo no hicimos «trabajar». Ella se puso unas zapatillas blandas nuevas, cogió mi correa y me llevó hasta una larga carretera que estaba al lado de la arena de ese gran lago, el mar, donde tiempo atrás había encontrado a esa niña que se llamaba Charlotte.

Había perros por todas partes. Maya no me dio ninguna orden, pero me di cuenta de que esa era una manera nueva de hacer «trabajar». Así que no hice ningún caso de los ladridos ni de sus alocadas carreras. Maya y yo estuvimos corriendo y corriendo juntas por esa carretera, hasta más lejos que nunca. Noté una renovada voluntad en ella. Continuó corriendo hasta que el sol se levantó mucho en el cielo, y yo me mantuve a su lado.

Ese día corrimos más que nunca. Continuamos hasta que noté que el cuerpo de Maya era todo dolor y agotamiento. Luego, por fin, se giró.

El camino de regreso fue parecido. Tuvimos que parar unas cuantas veces. Maya me dejaba beber de unos grifos que salían del cemento de unos edificios pequeños que olían muy fuerte. Luego volvía a ponerse a correr. Cada vez iba un poco más despacio, pero continuaba corriendo.

Por fin vimos el aparcamiento. Entonces redujo el paso hasta ponerse a caminar.

—Oh, cielos —susurró.

Cuando llegamos a la camioneta, Maya cojeaba.

Ambas jadeábamos bastante. Ella se sentó en la parte trasera de la camioneta y se bebió media botella de agua. Luego se inclinó hacia delante y dejó la cabeza colgando entre las piernas. Al final, vomitó el agua que acababa de beberse.

Me acerqué y puse la cabeza encima de su rodilla. No me gustaba verla sufrir. Parecía tan cansada que ni siquiera podía levantar la mano para acariciarme.

—¿Se encuentra bien? —preguntó una joven que pasaba por allí.

Estaba sudando por haber corrido, pero respiraba con facilidad. Maya asintió con la cabeza sin levantar la mirada.

Al día siguiente, hicimos «busca» otra vez. Al salir del coche y caminar hacia la zona de pícnic, Maya gimió. Me senté a sus pies, esperando con impaciencia a que me diera la orden.

Ella suspiró.

—Busca, Ellie —dijo.

Su voz apenas fue audible y sonaba triste.

Di un salto hacia delante y me puse a olisquear ansiosamente. No encontraba el olor de Wally por ninguna parte, pero enseguida detecté el rastro de Belinda. No hacía mucho que había pasado por allí. No sería difícil encontrarla.

Oí que Maya gemía, así que dudé un momento y me giré. Maya caminaba como si le doliera cada paso que daba. ¡Iba muy despacio! Rastreé a Belinda por debajo de unos árboles. Se había abierto paso entre dos arbustos y había dejado las hojas impregnadas con su olor. Lo seguí. Luego me detuve. Me colé de nuevo entre los arbustos y corrí hasta Maya.

Me miró con sorpresa:

—¿Ellie? ¿Tienes problemas, chica? ¡Busca!

No, no era yo quien tenía problemas. Maya me seguía con decisión, pero no podía ir deprisa. Por su manera de caminar, me daba cuenta de hasta qué punto le dolían los músculos. No quería adelantarme demasiado porque quizás ella no pudiera seguirme. Entonces ¿cómo podría llevarla hasta Belinda?

Seguí el rastro al trote. Me resultaba difícil ir más despacio. El rastro era claro y deseaba lanzarme a la carrera para encontrar a Belinda lo antes posible. Pero mantuve el paso más lento para que Maya pudiera seguirme. La oía apartar los arbustos detrás de mí. Por mi parte, cada poco regresaba a su lado, la miraba y luego seguía el rastro del suelo.

Belinda se había metido en un pequeño arroyo. Avancé por él, pero volví a encontrar el rastro fácilmente al otro lado y continué. Maya avanzaba penosamente por el agua, detrás de mí. Subí corriendo un tramo de una pequeña colina y me detuve para asegurarme de que me seguía. Cuando vi que sí, atravesé corriendo una zona de altas hierbas. El olor de Belinda era más fuerte a cada paso que daba.

Al salir de las hierbas altas, vi a Belinda tumbada bajo un árbol. Tenía la cabeza apoyada en el tronco y los ojos cerrados.

Corrí de regreso con Maya, que subía la colina despacio.

—Oh, Ellie, bien —dijo jadeando—. ¡Llévame!

Subí la colina manteniéndome a pocos pasos de Maya y mirando hacia atrás constantemente para asegurarme de que me seguía. Cruzamos las hierbas altas y encontramos a Belinda, dormida bajo el árbol.

Maya respiró profundamente unas cuantas veces.

—Buena perra, eres una perra muy buena, Ellie —me dijo, susurrando.

Sorbió fuertemente por la nariz y se aclaró la garganta. Belinda se despertó, sobresaltada. Se miró la muñeca y me di cuenta de que se sorprendía.

—Me he… tomado el día libre —dijo Maya.

Belinda sonrió y se puso en pie.

Esa noche, Maya fue a darse un baño mientras yo me quedaba en el salón. Como siempre, Tinkerbell se escondía del mundo. Stella estaba en el dormitorio, comprobando el estado de mi cama; por el olor supe que incluso había intentado dormir allí mientras Maya y yo estábamos haciendo «trabajo».

—¡Ellie! —me llamó Maya—. ¡Ellie, ven!

Solo la cabeza le sobresalía de la bañera. Olisqueé con curiosidad las cálidas burbujas y lamí un poco el agua, pero tenía un sabor horrible, así que agité la cabeza para quitarme esa sensación de la boca.

Emmet estaba sentado en la alfombrilla del baño, lamiéndose y esperando a que sucediera alguna cosa para poder ignorarla.

Maya alargó una mano mojada y me acarició la cabeza.

—Lo siento, Ellie —dijo en voz baja y tono triste—. No soy lo bastante buena. No puedo seguirte el ritmo. Eres una perra muy buena y necesitas a alguien que pueda entrenarte.

Meneé la cola al oír que era una perra buena. Normalmente, las personas se alegraban cuando yo era buena. Pero Maya no dejó de estar triste. Se la veía apenada allí, sola, en el agua. ¿Quizá se sentiría más feliz si yo saltaba dentro con ella?

Apoyé las patas delanteras en la bañera.

Maya se había vuelto a recostar y no se podía hundir en el agua, lo cual parecía mucho más divertido que saltar en la fuente con Jakob o jugar en el mar. Emmet dejó de lamerse y me miró sin mostrar el respeto adecuado. No estoy segura de que se diera cuenta de que me lo hubiera podido comer de un par de mordiscos. Que no deseara hacerlo no significaba que pudiera mostrarse tan altivo.

Luego salió de la habitación con la cola levantada, como si me incitara a perseguirlo y a solventar aquello de que en esa casa hubiera demasiados gatos.

—Mañana te tengo una sorpresa preparada, Ellie —dijo Maya.

Bueno, vale, venga... Ya que había llegado hasta allí...

Me impulsé con las patas traseras y me metí en la bañera con Maya, hundiéndome en la montaña de burbujas. El agua se desbordó por la bañera y cayó al suelo del baño.

—¡Ellie!

Maya empezó a reírse a carcajadas.

Aquella alegría borró de inmediato su tristeza.

12

¡*U*n paseo en coche! Salté con alegría al asiento trasero y Maya se sentó delante.

No podíamos ir a «trabajar», porque Maya estaba contenta. Últimamente nunca estaba alegre en esas ocasiones. Aquel día notaba cierta excitación en ella. Eso hizo que yo sintiera lo mismo. Saqué la cabeza por la ventanilla para empaparme de los olores que pasaban a toda velocidad; estuve todo el rato meneando la cola y golpeando el asiento con ella.

Pero hasta que Maya detuvo el coche y abrió la puerta no me di cuenta de dónde estábamos.

¡El apartamento de Jakob!

Dejé atrás a Maya, subí corriendo las escaleras y me puse a ladrar en la puerta. Nunca hubiera hecho eso cuando vivía con Jakob, pero ahora me sentía tan feliz que no pude reprimirme. ¡Jakob! ¡Iba a verlo otra vez!

Me llegaba el olor de su presencia desde dentro. Lo oí acercarse a la puerta. La abrió y me abalancé sobre él para lamerlo, retorciéndome de felicidad. ¡Hacía tanto tiempo que no sentía su olor ni oía su voz!

—¡Ellie! ¿Cómo estás, chica? ¡Siéntate! —me ordenó.

Dejé caer el trasero en el suelo, pero no quería quedarme allí.

—Hola, Jakob —dijo Maya desde la puerta.

—Adelante, Maya —repuso él.

Jakob caminó hacia una silla y yo anduve a su lado. Se movía más despacio que antes. Se sujetó en el respaldo de la silla para poder sentarse.

Apoyé la cabeza en sus rodillas. Tenía ganas de saltar a su regazo tal como había hecho en la bañera con Maya, pero sabía que no debía hacerlo. Tenía la sensación de que debía comportarme con cuidado mientras estaba con él.

Maya y Jakob estuvieron charlando un rato, tal como hacen las personas. Aproveché para olisquear el apartamento. No había cambiado mucho. Mi cama había desaparecido, pero mi olor todavía estaba en el dormitorio. No pasaba nada: podía dormir en la alfombra o, incluso, en la cama de Jakob si él quería que lo hiciera.

Me dirigí de regreso con Jakob y pasé al lado de Maya. Ella alargó la mano, que olía a jabón y a una colonia dulce y a comida. Me acarició el lomo.

Fue entonces cuando me di cuenta: regresar con Jakob significaría abandonar a Maya.

Cuando él me alejó de mi madre y de mis hermanos, no tuve elección. Cuando Maya se me llevó del cercado a su casa, no tuve elección. En ambos casos comprendí cómo funcionaba todo: los perros no elegían dónde vivir. Eran las personas quienes decidían eso.

Pero eso no impedía que sintiera que algo, por dentro, se me partía en dos.

Jakob era mucho mejor haciendo «trabajo» que Maya. Pero ella no cargaba con un oscuro peso en su interior todo el tiempo. Maya se reía con auténtica alegría. Y cada vez que abrazaba a sus pequeños primos y a sus sobrinas y sobrinos en casa de Mamá, podía sentir su alegría. Además, cuando me acariciaba y me rascaba detrás de las orejas y me decía que era una buena perra, percibía en ella el mismo amor que había notado en Georgia. Eso era algo que Jakob no se permitía sentir.

Por otro lado, Jakob no tenía gatos…

Sabía qué era lo que debía hacer en la vida: tenía que buscar personas y salvarlas. Lo había hecho con Jakob. Y lo hacía con Maya. Pero ¿qué iba a suceder ahora? ¿Me quedaría con Jakob? ¿Regresaría a casa con Maya? ¿Con quién haría «trabajar»?

Me puse a dar vueltas de un lado a otro, ansiosa.

—¿Necesitas salir? —preguntó Maya.

—No, cuando necesita hacerlo, se sienta delante de la puerta —respondió Jakob.

—Oh. Vale. Ya la he visto hacerlo —dijo Maya—. Pero como dejo la puerta trasera abierta casi siempre, ya sabes, puede entrar y salir cuando quiere.

Se quedaron en silencio un momento. Todavía no tenía ganas de sentarme, ni siquiera al lado de Jakob. Entré en la cocina. No era como la de Mamá. El suelo estaba limpio, como siempre. No había nada sabroso que lamer. Eso era una pena. Me hubiera sentido mejor.

—Me han dicho que has pedido la invalidez —dijo Maya.

—Sí, bueno, me han disparado dos veces en los últimos cinco años. Eso es suficiente para cualquiera —contestó Jakob.

—Se te echará de menos —dijo Maya.

—No me voy de la ciudad. Me he apuntado a la UCLA. Tiempo completo. Solo me falta un año y medio para acabar Derecho.

Se hizo otro silencio. Me di cuenta de que Maya estaba incómoda. Eso sucedía mucho cuando la gente estaba con Jakob e intentaba hablar con él. Las palabras desaparecían poco a poco; entonces la otra persona se quedaba sentada en silencio y se sentía más y más ansiosa.

Regresé al salón y di unas vueltas por él, inquieta. Jakob me miró.

—Bueno, ¿cuándo te presentas para el certificado? —preguntó, como si reaccionara a aquel silencio.

Elegí un lugar cómodo en el suelo, entre los dos, y me tumbé con un suspiro. No tenía ni idea de qué era lo que esos dos seres humanos iban a hacer. ¿Por qué se sentaban allí a decirse palabras si nada de eso los ponía contentos?

Y yo tampoco estaba contenta.

—Dentro de dos semanas, pero... —Maya se interrumpió.

—Pero... —dijo Jakob.

—Estoy pensando en renunciar. —Dijo esas palabras de carrerilla, como si tuviera miedo de no poder pronunciarlas si lo hacía más despacio—. Es que no doy la talla. No me di cuenta... Bueno, seguramente otro lo haría mejor.

—No puedes hacer eso —replicó Jakob con tono cortante.

Levanté la cabeza y lo miré, preguntándome por qué se habría enfadado.

—No puedes hacer que un perro vaya cambiando de entrenador —continuó Jakob—. Ellie es, probablemente, la mejor perra que haya conocido jamás.

Meneé la cola al oír pronunciar mi nombre, pero su tono era serio.

—Si la abandonas de esa manera, posiblemente la destroces —le dijo a Maya—. Wally dijo que tenéis una conexión auténtica. Yo también me he dado cuenta. Está muy apegada a ti. Te mira. Sois un equipo.

—Es que mi físico no es el adecuado, Jakob.

Percibí su tristeza y su rabia. La miré, un poco ansiosa. Si ambos se enfadaban, no sabría qué hacer. ¿Debería consolar primero a Maya? ¿Tendría que acercarme a Jakob y tranquilizarlo?

Quizás hubiera algo en la cocina que no había visto. Podía ir a ver…

—Yo no soy un exmarine como tú —dijo Maya—. Solo soy una policía que pasa justito el examen físico de cada año. Lo he intentado, pero es demasiado duro.

—Demasiado duro.

Jakob le clavó la mirada hasta que Maya se encogió de hombros y miró hacia otro lado. Su rabia se transformó en vergüenza.

Él todavía estaba enfadado, pero Maya se había puesto triste. Eso me ayudó a decidir qué debía hacer. Me incorporé y me acerqué a su lado para darle un golpe en la mano con el hocico.

—¿Y no sería duro para Ellie? —preguntó Jakob—.
¿Es que eso no importa?

—Por supuesto que importa.

—Estás diciendo que no estás dispuesta a trabajar.

Maya tenía ganas de llorar, aunque se esforzaba
por no hacerlo. Metí el hocico dentro de su mano otra
vez. Siempre que me acariciaba se sentía mejor, lo sabía. Yo también me sentía mejor.

Maya sonrió, aunque sin muchas ganas. Me pasó
la mano por la cabeza.

—Oh, Ellie. —Levantó la cabeza y miró a Jakob—.
¡Por supuesto que Ellie me importa, Jakob! ¿Cómo
puedes decir eso? Es en ella en quien pienso. Se me-
rece a un entrenador que pueda seguir su ritmo. Lo
único que digo es que yo no estoy hecha para esto. No
tengo lo necesario.

—Lo necesario.

Cuando Jakob volvió a hablar, no miró a Maya. Su
tono de voz fue más bajo.

—La primera vez que me dispararon, me destro-
zaron el hombro hasta tal punto que tuve que aprender a utilizarlo de nuevo, desde el principio. Iba a
rehabilitación cada día. Allí había un peso de un kilo
en una polea, y eso dolía… Además, mi mujer se encontraba en la última tanda de sesiones de quimio.
Más de una vez quise abandonar. Era demasiado
duro. —Giró la cabeza y miró a Maya—. Pero Susan
se estaba muriendo. Y ella no abandonó, no lo hizo
hasta el final. Y si hubiera podido continuar luchando, sé que lo hubiera hecho. Porque es importante.
Porque dejarse vencer no es una opción, sobre todo

cuando el éxito es simplemente una cuestión de esforzarse más.

Ese oscuro dolor que Jakob albergaba en su interior se hinchó como una tormenta; todo su enfado desapareció como si un golpe de viento se lo hubiera llevado. Me aparté de Maya, fui a sentarme a los pies de Jakob y le miré a la cara.

—Sé que es difícil, Maya —dijo con voz ronca—. Pero debes esforzarte más.

Jakob se recostó en la silla como si estuviera demasiado cansado para pronunciar otra palabra. Y, de alguna manera, en ese momento supe que no me iba a quedar con él. Jakob ya no estaba interesado en decirme «busca».

Maya también estaba triste, pero no parecía cansada como Jakob. Se irguió en la silla. Ahora parecía más fuerte. Recordé la fuerza que había visto en ella ese día en que me llevó a correr al lado del mar, cómo había corrido hasta llegar más lejos que nunca.

—Vale. Tienes razón —le dijo a Jakob.

Él nos acompañó hasta la puerta y me acarició en la cabeza antes de que nos fuéramos.

—Adiós, Maya. Adiós, Ellie. Eres una buena chica —me dijo.

Le lamí la mano y lo olí por última vez: el olor de su piel, de su sudor, de ese oscuro dolor que tenía dentro y de la fuerza que guardaba en su interior. Luego salí del edificio con Maya.

Jakob y Maya habían decidido cuál sería mi destino.

Me sentí satisfecha. Iba a hacer «trabajo» e iba a hacerlo con Maya.

Juntas.

Poco después de habernos ido de la casa de Jakob, Maya me llevó a correr por las colinas. Corrimos juntas; yo mantenía el paso lento para poder ir a su ritmo. Al cabo de un rato, oí que soltaba una exclamación y un golpe sordo: se había caído al suelo.

Regresé rápidamente a su lado y le acerqué el hocico a la cara: noté el olor salado de su sudor. Le sangraban las rodillas y también percibí el olor de la sal en ellas, así como el perfume punzante del dolor.

—Vale, Ellie —dijo Maya en voz baja mientras se ponía en pie—. Vale. Continuemos.

A partir de entonces, fuimos a correr cada día después de haber hecho «trabajo». Era tremendamente divertido. Había muchas cosas que oler y, puesto que no estábamos «trabajando», podía pararme a olisquear los rastros de otros perros, de conejos, de ardillas y de gatos, así como el olor de fascinantes restos de comida en la hierba. Algunas veces, incluso, Maya me adelantaba y yo tenía que lanzarme a la carrera par alcanzarla.

Era genial. Lo único que no me gustaba era el dolor de Maya cuando finalmente regresábamos al coche.

Una noche, unos cuantos días después de que hubiéramos ido a ver a Jakob, ella detuvo el automóvil en el camino y se quedó allí sentada.

Me incorporé, manteniendo el equilibrio en el asiento trasero, dispuesta a saltar fuera. Era la hora de la cena. Me moría de hambre.

Pero Maya no se movía.

Metí la cabeza entre los asientos delanteros y acerqué mi cara a la suya para investigar. Ella alargó la mano y giró la llave para detener el motor, que hacía un ruido muy molesto. Pero después, simplemente, se quedó quieta mientras el sudor le bajaba por la cara.

Me daba cuenta de que estaba cansada, demasiado cansada para salir del coche.

—Voy a suspender, Ellie —dijo en voz baja sin girarse para mirarme—. Lo siento mucho.

Oí que pronunciaba mi nombre, pero no sabía qué quería que hiciera. Reuní toda la paciencia de la que fui capaz y me quedé sentada. Veía a Emmet y a Stella, que nos miraban desde la ventana. Probablemente ni siquiera sabían qué era un coche. Ellos nunca salían a correr, pero así era como debía ser. Los perros son animales superiores. Sabía que Maya, por algún motivo, quería a sus gatos, pero incluso ella tenía que admitir que eran unos inútiles.

A Tinkerbell ni siquiera se lo veía: probablemente se había escondido en alguna parte en cuanto había oído el ruido del coche.

—¿Estás bien, Maya?

Era una voz agradable: la de Al. El viento soplaba en dirección contraria; por eso no había detectado su olor al acercarse. Saqué la cabeza por la ventanilla para que pudiera rascarme detrás de las orejas.

—Oh, hola, Al. —Maya se despabiló. Se irguió en el asiento con un gesto un tanto torpe, como si le dolieran las piernas—. Sí, solo estaba… pensando.

—Oh. Te vi pararte con el coche.

—Sí.

—Así que vine a ver si necesitabas ayuda para algo.

Otra vez: la palabra favorita de Al.

Giré la cabeza para que pudiera rascarme detrás de la otra oreja.

—No, no. Solo he ido a correr con la perra.

Al me abrió la puerta y salté fuera. Miré fijamente a Emmet y a Stella para que se dieran cuenta de que yo estaba fuera, y ellos, dentro. Apartaron la mirada, disgustados.

—Vale. —Al respiró profundamente—. Has adelgazado, Maya.

—¿Qué?

Ella se lo quedó mirando.

Me pareció que Al se encogía un poco.

—No es que estuvieras gorda. Solo es que me he dado cuenta de que las piernas se te ven muy delgadas con el pantalón corto. —Todo su cuerpo emanaba un aroma de pesadumbre, como si se hubiera bañado en ella; empezó a retroceder—. ¡Debería irme!

Me apenó ver que se iba. Eso significaba que ya no me rascaría más las orejas. Por otro lado, si se iba, quizá Maya entrara en casa y pudiéramos cenar.

—Gracias, Al. Eres muy amable —dijo Maya.

Él se detuvo y se irguió un poco. Detecté su alivió.

—En mi opinión, no necesitas hacer más ejercicio —dijo en voz baja—. Eres perfecta.

Maya se rio.

Al se rio.

Y yo meneé la cola para demostrarles a los gatos de dentro de casa que había entendido el chiste y ellos no.

13

𝒥ás o menos una semana después, Maya y yo fuimos a hacer «trabajo». Ese día había otros perros, y también otras personas de pie, mirando. Era algo extraño, pero no me importó. No podrían distraerme porque yo tenía «trabajo» que hacer.

Cuando Maya me lo ordenó, salté a un tablón que se movió mientras yo mantenía el equilibrio; con cuidado, volví a bajar. Entonces me dijo que subiera a otro tablón que colgaba entre dos caballetes. Me quedé allí sentada hasta que me dijo que podía volver a bajar.

Luego se puso al final de un largo tubo y me llamó. Recordé la primera vez que había hecho eso con Jakob. Entonces no me había gustado: el tubo me había parecido oscuro y temible. Pero ahora me resultaba fácil, no era más que una parte de hacer «trabajo». Me introduje en él. Al salir, vi que Maya sonreía.

—¡Buena chica, Ellie!

Y entonces me dio la orden «busca».

Esta era mi parte favorita. Las otras órdenes eran importantes para Maya, igual que lo habían sido para Jakob. Lo comprendía y no me molestaba trepar a tablones inestables ni arrastrarme por los tubos. Pero «busca» era lo más importante. Aquello sí que era hacer «trabajo».

Metí el hocico entre la hierba y me puse a olisquear ansiosamente. Enseguida capté un olor, el de un hombre que olía a chicle de menta, a una colonia especiada, a café y a una chaqueta de piel. Maya estaba nerviosa y excitada: me daba cuenta por el tono de su voz y por la tensión de su cuerpo. Por tanto, seguí el rastro corriendo tanto como pude y dejando que ella me siguiera.

Realicé mi primer hallazgo en una zona de maleza: un par de calcetines humanos. Los seres humanos eran muy raros e iban dejando su ropa por ahí. Me pregunté por qué no tendrían pelaje: sería mucho más fácil. Regresé corriendo con Maya. Cuando la encontré, ella respiraba agitadamente, pero no jadeaba.

—¡Llévame! —me dijo rápidamente al mirarme.

Se mantuvo a mi ritmo, aunque cuando llegamos a los calcetines ya jadeaba un poco.

—Muy bien, Ellie. ¡Buena chica! ¡Busca! —volvió a ordenar.

Salí corriendo entre los árboles y los matorrales; salté un charco de barro siguiendo el rastro. Eso resultaba fácil. ¡Era divertido!

Entonces me pareció que el rastro se elevaba en el aire. Me detuve y levanté el hocico. El viento traía el olor de ese hombre hacia mí. Ahora era más fuerte en el aire que en el suelo. Supe lo que significaba. Wally había hecho ese truco más de una vez.

Miré hacia arriba y allí estaba. El hombre se había subido a una rama del árbol. Estaba muy quieto. Es probable que albergara la esperanza de que no diera con él. ¡Pero no podía engañarme!

Regresé por donde había venido, corriendo en busca de Maya, que no estaba muy lejos.

—¡Llévame! —dijo.

Lo hice.

Ella me siguió abriéndose paso entre la maleza y agachándose bajo las ramas. Una rama le golpeó la cara y soltó una exclamación.

Miré hacia atrás.

—¡Llévame! —volvió a decir.

Me senté al pie del árbol y miré hacia arriba. Maya llegó a mi lado y se detuvo, mirando a su alrededor con expresión confusa.

—¿Ellie? No está aquí. ¿Por qué te paras, chica?

No me moví. Tenía los ojos fijos en el hombre. Estaba tan quieto que hubiera podido ser una de las ramas del árbol.

—¿Ellie? ¡Llévame!

Pero ya lo estaba haciendo. Me removí un poco, frustrada, pero no aparté la mirada del hombre. Jakob ya se habría dado cuenta a esas alturas.

—¿Ellie? ¿Ellie? ¡Oh, buena chica, Ellie!

Maya levantó la cabeza y sonrió. El hombre saltó del árbol. También sonreía.

Maya sacó rápidamente el hueso de goma de su bolsillo para jugar conmigo. Me sentí llena de orgullo y de felicidad mientras estuvimos tirando y luchando un rato.

—Sois un buen equipo —dijo el hombre que habíamos encontrado.

—Sí —asintió Maya, que dejó que me quedara con el hueso; se arrodilló en el suelo y me abrazó por el cuello—. ¡Sí, lo somos!

Esa noche, Maya me llevó a ver a Mamá. Su casa estaba llena de gente. Todos los niños estaban allí, desde el adolescente alto y desgarbado al que Maya llamaba Joe hasta los más pequeños, que parecían más unos muñecos que unas personas. También había un montón de adultos. Todo el mundo abrazó a Maya y me acarició mientras pronunciaban mi nombre.

—Ahora que tienes el certificado, debes comer —le dijo Mamá a Maya.

Entonces sonó el timbre de la puerta. No era una algo que soliera suceder en casa de Mamá, porque la gente entraba directamente. Seguí a Mamá hasta la puerta. Al abrirla, soltó una exclamación de felicidad y sonrió más de lo que ya hacía habitualmente.

Era Al. Llevaba un ramo de flores en la mano. Se las dio a Mamá. Ella lo besó en la mejilla. Al se sonrojó, pero estaba contento. Luego me rascó detrás de las orejas de esa manera perfecta en que sabía hacerlo.

—Me han dicho que eres una buena chica, Ellie —dijo.

Meneé la cola.

Toda la familia se calló en cuanto Al salió al patio. Allí había unas mesas llenas de comida y de latas de bebidas; había personas sentadas o de pie por todas partes. Los más jóvenes corrían y gritaban. Pero todos se quedaron quietos y se giraron para mirar hacia la puerta.

Luego Maya se acercó a Al y él le acarició suavemente la mejilla con los labios. Noté que ambos estaban nerviosos y me acerqué rápidamente por si había que hacer algo al respecto. ¿Quizá «trabajo» o un taco para comer? Estaba lista para lo que fuera.

Maya sonrió, se giró y le cogió la mano a Al.

—Al, te presento a mi hermano José y a mi hermana Elisa. La pequeña de ahí es la hija joven de Elisa, y este es...

Maya continuaba hablando. Ya nadie parecía nervioso, así que estuve deambulando por el patio, comiendo los trozos de tortilla y de perritos calientes que los niños dieron. Todos parecían felices.

La verdad es que no hubiera sabido decir quién estaba más feliz de todos: Al, Maya o Mamá.

Después de esa fiesta en el patio de Mamá, Maya casi siempre me llevaba al cercado de la comisaría. Allí me quedaba con Cammie y con Gypsy. Cuando ella me venía a buscar, íbamos a buscar a todo tipo de personas.

Hubo dos niños que se habían perdido al alejarse de su casa (los encontré al lado de un pequeño arroyo, recogiendo piedras que iban amontonando en la orilla). Luego, una mujer que se había caído de un caballo y se había hecho daño en la pierna. A mí me parecía que los caballos eran igual de inútiles que los gatos. La verdad es que me preguntaba por qué la gente no tendría perros, en lugar de caballos o gatos.

El día que encontramos a la mujer en el bosque,

Maya me llevó a casa con el coche. Pero después de quitarse el uniforme y de poner comida para los gatos, volvió a llamarme y cruzamos la calle hacia la casa de Al.

Me di cuenta de que él estaba nervioso otra vez. Lo supe en cuanto abrió la puerta.

—Maya, estás… fantástica —tartamudeó.

Maya se rio.

—Oh, Al, no es cierto —dijo, como si no estuviera segura—. Es solo que no estás acostumbrado a verme sin el uniforme. Eso es todo.

—Mm. ¿Entras?

Al se apartó un poco y nos dejó entrar hasta el salón.

Me gustó descubrir que allí no había gatos. Olisqueé el salón rápidamente mientras Al le daba a Maya un vaso con algo para beber. Se sentaron en el sofá. Después estuvieron un rato hablando; también hubo momentos de silencio.

Desde la cocina llegaba un olor extraño: fui a investigar. Había un montón de comida en la encimera: noté el olor del pan, de la lechuga, de los tomates y el de las cebollas, que me producía escozor en el hocico. Pero en el horno había algo que no olía bien. Moví la cabeza intentando sacarme de encima ese olor y retrocedí hasta el salón.

—Oh, Ellie, tonta, ¿qué haces? —dijo Maya.

Al se puso en pie de un salto. El olor fue mucho peor cuando abrió la puerta del horno.

Ambos corrieron por todas partes abriendo ventanas. Maya se esforzaba por no reír, pero Al empezó a hacerlo y ambos se rieron juntos. Maya se rio tanto que tuvo que sentarse a la mesa para recuperar el aliento. Luego Al sirvió la comida (incluido el pollo que olía tan mal) en la mesa donde lo esperaba Maya.

—No, Al, no pasa nada —dijo Maya mientras masticaba—. De verdad que no. ¿Puedo repetir?

Él la miró y meneó la cabeza. Luego se levantó y se puso a hablar por teléfono.

—¿Hola? —dijo en voz alta para que Maya lo oyera claramente—. ¿Pueden traer una grande de pepperoni con extra de queso? —Hizo una pausa—. ¿Media hora? Genial.

Luego se sentó otra vez a la mesa y Maya se rio un poco más. Al puso algunos trozos del pollo en un plato y lo dejó en el suelo para mí.

Los olisqueé. Estaban secos y recubiertos de una cosa negra que sabía a humo.

—¿Lo ves, Al? No está tan malo. ¡A Ellie le gusta! —dijo Maya, que se echó a reír.

—Creo que solo está siendo educada, pero gracias.

Cuando llegó la pizza, Al también me dio un trozo.

Hay que reconocer que estaba mucho mejor que el pollo.

14

Cierto día, Maya me llevó al aeropuerto, que era un lugar muy ajetreado y lleno de extraños olores: a humo de gasóleo, a desinfectante para el suelo y a muchas muchas personas. Tuve que viajar en una jaula durante mucho rato, en el interior de una habitación muy ruidosa. Al final, Maya apareció de nuevo, me sacó y me enganchó la correa al collar.

Salimos a una zona de asfalto que estaba muy caliente. Allí cerca había helicópteros, porque oí el ruido de las hélices y recordé el día en que se llevaron a Jakob en uno de ellos. Ese recuerdo hizo que me mantuviera pegada a Maya.

Pero el helicóptero no se la llevó, sino que se subió a él y me llamó para que hiciera lo mismo. ¡Volvía a ser un perro de helicóptero! No era tan divertido como ir de paseo con el coche, pues ese ruido me hacía daño en los oídos, pero me sentía contenta igualmente. Ser un perro de helicóptero significaba que me quedaba al lado de Maya, y eso implicaba que iba a alguna parte a hacer «trabajo».

Aterrizamos en un lugar que no se parecía a ninguno en el que hubiera estado antes.

Había un montón de perros y de policías que se apresuraban de un lado a otro. Sonaban muchas sirenas. El aire estaba cargado de humo y de polvo. Esos olores no me gustaron en absoluto.

Algo malo sucedía en los edificios. Tenían las paredes inclinadas, las puertas colgaban de cualquier manera o estaban arrancadas, los techos tenían agujeros o se habían caído de los edificios y se habían quedado en el suelo hechos un montón de tablones y de piedras.

Cuando bajamos del helicóptero, Maya parecía no saber dónde tenía que ir. Se quedó quieta en el trozo de asfalto donde habíamos aterrizado y miró a su alrededor.

—Oh, Ellie —dijo en voz muy baja para que solamente la oyera yo.

Me apreté contra su pierna, notando el miedo y la tensión en sus músculos. Eso me puso nerviosa; también lo hacían esos extraños ruidos y olores. Bostecé, ansiosa, deseando que empezáramos a trabajar. Entonces ya no me sentiría nerviosa.

Un hombre se nos acercó. Tenía la ropa y la piel manchada de polvo y de aceite; llevaba el cabello escondido bajo un casco de plástico. Alargó una mano hacia Maya y la otra mano hacia mí. Le olía a ceniza, a sangre y a yeso.

—Soy el coordinador de esta zona —le dijo a Maya—. Gracias por venir.

—No tenía ni idea de que sería tan grave —respondió Maya.

El tono de su voz conmovía a las piedras.

—Oh, pues esto es solo la punta del iceberg. El Gobierno salvadoreño está totalmente desbordado —apuntó el hombre—. Tenemos a más de cuatro mil personas heridas, y cientos de muertos. Y todavía estamos rescatando a gente. Ha habido más de seis réplicas desde el terremoto del 13 de enero, algunas de ellas muy fuertes. Tenga cuidado cuando vaya allí.

Maya me enganchó la correa y me llevó hacia la calle.

Tuvimos que trepar por montones de piedras y bloques de hormigón, así como abrirnos paso entre tablones rotos llenos de clavos. Todo estaba cubierto de polvo y de ceniza, que pronto también cubrieron el pelo y la ropa de Maya, además de mi pelaje, y que se me metían en el hocico. Eso no me gustó en absoluto.

Llegamos a una casa que tenía una grieta en uno de los lados y que subía en vertical desde el suelo.

—No entre —dijo un hombre que se estaba secando el sudor que le caía sobre los ojos—. Ese techo no va a aguantar mucho más.

—¡Busca, Ellie! —me dijo Maya.

Pero no me quitó la correa; cuando intenté entrar por la puerta, que estaba abierta, me llamó para que regresara. Estuvimos buscando por la parte exterior de la casa. En general solo notaba el olor del polvo y la ceniza, así como el de la tierra debajo y el del humo en el aire. Pero no el de ninguna persona.

Si la tristeza tenía olor, era ese.

Fuimos a indagar a otras casas. En algunas, Maya

me dejó entrar; en otras, no. No encontré a nadie en las dos primeras.

Al lado de la tercera casa, encontré a la primera persona.

Un muro se había caído y el tejado se había derrumbado como si fuera de papel. De inmediato capté el olor de algo y tiré de la correa. Maya me siguió, apartando a su paso tablones y cristales rotos, mientras yo la arrastraba hacia el muro derruido.

La persona a la que encontré olía… mal. Noté el olor de una mujer, el de su pelo y el del champú que había utilizado. Pero también el olor de la sangre y de otra cosa. De una cosa fría y quieta.

Me detuve con la atención puesta hacia un montón de bloques de cemento.

—¿Allí, Ellie? ¿Hay alguien allí? —preguntó Maya.

No me moví.

—¡Ven! —me llamó.

Llegaron unos hombres con palas y palancas; se pusieron a apartar los bloques de cemento. Me senté, observando con atención. Había encontrado a una persona, pero había algo que no estaba bien. Wally nunca se había escondido debajo de una cosa tan grande y pesada como ese montón de piedras rotas, así que no sabía qué iba a suceder a continuación. Quizá, cuando hubieran apartado todos los bloques de cemento y pudiera ver a la persona a quien había encontrado, todo se arreglaría.

Maya se había arrodillado a mi lado.

—Buena chica, Ellie —susurró, pero la manera de

decirlo tampoco me sonó bien. No estaba excitada ni contenta. Estaba llorando.

—Vale —dijo uno de los hombres—. La tenemos.

—¿Es una mujer? —preguntó Maya, que se puso en pie mientras se secaba las lágrimas—. ¿Está…?

—Sí. Demasiado tarde. La sacaremos de aquí, pero usted puede seguir.

Miré a Maya, a los hombres que continuaban cavando y otra vez a Maya.

—Buena chica, Ellie. —Maya irguió la espalda y se sacó el hueso de goma del bolsillo—. Has hecho tu trabajo. ¡Buena chica!

Se puso a jugar a «tirar-del-hueso» conmigo, pero no lo hizo como siempre: estaba ansiosa por continuar haciendo «trabajo». Quizá la próxima vez todo iría mejor.

No fue así. Encontré a tres personas más. Todas tenían el mismo olor frío y apagado. Ninguna de ellas se movía. Y nadie se alegró de que las hubiera encontrado.

Eso no estaba bien. Encontrar a personas tenía que ver con salvarlas. Y yo sabía que no era posible salvar a esas personas.

Cuando Maya me sacó el hueso por cuarta vez, aparté la cabeza.

—Oh, Ellie. —Las lágrimas se le deslizaban por las mejillas—. No es culpa tuya, Ellie. Tú eres una buena chica.

Sus palabras no me ayudaban. Me sentía como una perra mala. Estaba haciéndolo mal. No estaba salvando a nadie.

Me tumbé en el suelo, sobre el polvo y los cascotes,

a los pies de Maya. Por primera vez desde que Jakob me enseñó a hacer «trabajo», no quería continuar haciéndolo. Deseé que pudiéramos irnos a casa. Ni siquiera me hubiera importado que Stella se tumbara en mi cama ni que Emmet me olisqueara las patas.

—Vernon —llamó Maya, dirigiéndose a uno de los hombres que manejaban las palas—. ¿Me haces un favor y te escondes en algún lugar?

—¿Que me esconda? —dijo él, mirándola con asombro.

—Necesita encontrar a alguien vivo. ¿Podrías esconderte? Por ejemplo, en esa casa en la que acabamos de buscar. Y cuando te encuentre, ponte muy contento.

—Bueno, vale, sí.

Sin mucho interés, observé a Vernon, que se alejaba. Maya se arrodilló y me acarició; luego me dio a beber agua de una botella que llevaba. Lamí el agua y ella me rascó detrás de las orejas.

—Bueno, Ellie, ¿preparada? ¿Lista para buscar?

Me puse en pie, despacio. Me sentía cansada. Y me daba cuenta de que Maya no estaba tan contenta como quería aparentar. Pero era «trabajo», así que seguí sus indicaciones. Me llevó de nuevo a una casa que ya habíamos registrado.

¿Por qué regresábamos? Me detuve en la puerta, asombrada, mientras Maya me esperaba en la calle. Algo era diferente. Acerqué el hocico a la polvorienta alfombra y olisqueé.

Vernon. Su olor ya estaba allí antes, por supuesto, pero ahora era más fuerte. Y había pasado justo por allí. Seguí el rastro entre trozos de cristal, libros caídos al suelo, un camión de juguete y una radio destrozada.

En un rincón había un montón de mantas. Allí el olor de Vernon era más fuerte, imbuido de sudor, calor y cabras. Su olor era diferente al de otras personas a las que había encontrado hasta el momento en ese lugar. Olía a… vida.

Corrí a buscar a Maya.

—¡Llévame! —me apremió.

Regresé corriendo hasta el montón de mantas. Cuando Maya las apartó, Vernon se sentó en el suelo. Una gran sonrisa iluminó su rostro triste y sucio.

—¡Me has encontrado! ¡Buena perra, Ellie! —gritó.

Me puse a mover la cola con tanta fuerza que también mis patas bailaron de alegría. ¡Después de todo era una buena perra! ¡Acababa de encontrar a alguien que se alegraba de ello!

Vernon se rio al verme bailar y se puso a rodar conmigo sobre las mantas. Le lamí la cara. Sabía a sudor y a polvo. Maya le lanzó el hueso de goma y estuvimos jugando a tirar.

Después de eso, me sentía preparada para continuar haciendo «busca» un rato más.

Estuvimos haciendo «trabajo» toda la noche. Encontramos a más personas, incluido Vernon, que cada vez se escondía mejor. Pero yo ya había hecho «trabajo» con Wally, así que nadie podía engañarme durante mucho tiempo. Encontré a Vernon todas las veces.

Él ya estaba saliendo cuando llegamos a un edificio nuevo. En una de las esquinas todavía se levantaba una columna de humo que desprendía un fuerte olor. También detecté un olor que no me gustó en absoluto.

Había unos barriles de metal rotos, debajo de un montón de trozos de cemento, de los que salía un líquido que me hacía llorar los ojos. No se parecía a nada que yo hubiera olido antes.

Maya no me había quitado la correa.

—Con cuidado, Ellie —murmuró.

Una pared de ladrillo se había caído. Traté de no hacer caso del horrible olor de esos barriles, intentando hacer «busca». El olor era muy tenue a causa de todo ese hedor químico, pero pude captarlo. Era de una persona. Muerta.

Me detuve y miré hacia el montón de ladrillos.

—¡Allí hay alguien! —gritó Maya con voz cansada.

—Ya lo sabemos —le dijo un hombre que tenía una pala a Maya—. Todavía no podemos sacarle. Sea lo que sea lo que haya en esos barriles, es tóxico. Vamos a necesitar un equipo de limpieza.

—Vale, buena perra. Vámonos a otra parte, Ellie.

Me puse en pie, pero no caminé con Maya. Allí había algo. Acababa de captar un aroma nuevo por debajo del olor de los químicos. ¡Allí! El olor salía de una ancha grieta que había en la pared, justo detrás del montón de ladrillos. Era de otra persona. De una mujer.

Todo mi cuerpo se puso en tensión. Miré a Maya, esperando la orden.

—No pasa nada, Ellie. Vamos. Vamos —dijo Maya, tirando con suavidad de la correa—. Ven, Ellie.

Volví a mirar otra vez hacia la grieta de la pared y luego miré a Maya. ¡No podíamos marcharnos!

La persona nueva que había encontrado olía como Vernon. Olía a vida.

15

—Ya hemos visto a la víctima, Ellie. Tenemos que dejarla aquí. Vamos —dijo Maya.

Quería que me fuera. Pero ¿por qué? No habíamos terminado. No habíamos encontrado a la persona que acababa de oler.

A no ser que…

¿Estaría confundida Maya? ¿Creía que le estaba indicando a la persona que había debajo de los ladrillos? Pero no era así. La miré, intentando decirle con la mirada, las orejas y mi cuerpo en tensión que había encontrado a otra persona.

Maya tenía que entenderme. Yo no podía hacer «busca» sin ella. Hacer «busca» significaba llevar a Maya con la persona. ¿Qué iba a hacer yo si ella no venía conmigo?

—¿Quiere buscarme otra vez? —preguntó Vernon.

Maya negó con la cabeza.

—Pobre Ellie. Todo esto la confunde. Y no te puedes esconder por aquí, es demasiado peligroso. Pero

¿sabes qué?, se divertirá si te persigue un rato. Sube un poco por la calle y llámala. Le quitaré la correa.

No presté atención a Vernon, que se alejó. Yo continuaba haciendo «busca». Tenía la atención dirigida a los cascotes, a la grieta de la cual salía ese leve aroma.

Esa persona estaba viva y asustada. Notaba el olor del miedo, punzante, a pesar del olor de productos químicos que tanto me molestaba.

Maya me quitó la correa.

—Ellie, ¿qué hace Vernon? ¿Adónde va?

—¡Eh, Ellie, mira! —gritó Vernon, que empezó a correr calle arriba, mirando hacia atrás.

Lo miré un momento. Sería divertido perseguirle un rato. Maya quería que lo hiciera y a mí me gustaba buscar a Vernon. Él jugaría conmigo y se alegraría de que lo encontrara. Encontrarlo había sido lo único divertido en toda la noche.

Pero tenía que hacer «trabajo». Volví a mirar hacia el edificio en ruinas.

—¡Ellie! ¡No! —exclamó Maya.

Si ese «¡no!» me lo hubiera dicho Jakob, me habría detenido en seco. Pero Maya no me dio la orden con la misma autoridad, pues parecía más asustada que enfadada. Y eso se le notaba en la voz.

Trepé por el montón de ladrillos debajo del cual se encontraba el cuerpo muerto. Las patas me resbalaron al pisar algo líquido. Ese olor tan poco natural me envolvió. Ahora me impedía notar el olor de la mujer. Clavé las uñas para impulsarme, esforzándome por encontrar el rastro de nuevo.

¡Allí estaba! La grieta de la pared estaba delante de

mí. Me apretujé contra ella para entrar. Ya había hecho eso otras veces, cuando tenía que arrastrarme por el tubo. Primero con Jakob y luego con Maya: sabía qué debía hacer.

Debajo de mí había una cosa húmeda y resbaladiza. También tenía el pelaje lleno de eso; me salpicó el hocico cuando intenté introducirme por la grieta. ¡Dolía! El hocico más que las patas. Me impulsé con mayor fuerza, desesperada por salir de ese lugar apretado, oscuro y peligroso.

Y entonces el suelo desapareció bajo mis pies y caí al interior de un estrecho hueco. Me golpeé contra el duro suelo y volví a ponerme en pie con dificultad mientras me sacudía la cabeza. ¡El hocico! ¡Me quemaba!

Ya ni siquiera podía notar el olor de la mujer que estaba acurrucada en un rincón del hueco. Se había cubierto la nariz con un trozo de tela arrancada de su camisa. Me miró con unos ojos oscuros y muy abiertos, conmocionada.

No podía regresar con Maya para llevarla hasta la persona que había encontrado, así que ladré.

—¡Ellie!

La voz de Maya resonó en las paredes de cemento. Estaba tosiendo.

—Vuelve aquí, Maya —le advirtió Vernon.

Yo continuaba ladrando.

—¡Ellie! —gritó Maya, que ahora parecía estar más cerca.

La mujer oyó a Maya y, quitándose el trozo de tela con que se cubría la cara, se puso a gritar. Su voz era de terror y angustia.

—¡Aquí! ¡Estoy aquí! ¡No me dejen aquí! ¡Sáquenme!

—¡Hay alguien ahí! ¡Y está viva! —gritó Maya.

Me di cuenta de que, por fin, Maya había comprendido. Dejé de ladrar y fui a sentarme al lado de la mujer a la que había encontrado. No podía dejar de sacudir la cabeza y de frotarme el hocico con la pata. Me lloraban los ojos; fuera lo que fuera lo que se me había metido en el hocico, cada vez era peor.

La mujer intentó limpiarme el hocico con el trozo de tela con que se había cubierto la cara.

Pero yo di un salto hacia atrás y le gruñí. No pude evitarlo. El contacto me había producido un dolor lacerante.

Me sentía mal por haberle gruñido. Sabía que no debía hacer eso, así que regresé a su lado y le lamí la mano para disculparme. Ella pareció comprenderme y no volvió a querer tocarme el hocico. Me susurró algo para tranquilizarme.

Una vez, había oído hablar de esa manera a Mamá: lo llamaba «rezar».

Estuvimos allí sentadas hasta que un hombre con un casco y una máscara enfocó una linterna hacia el agujero e hizo recorrer el haz de luz a nuestro alrededor. La luz nos cayó encima y la mujer soltó una exclamación y se puso a hacer señas con desesperación.

Pronto oímos el ruido de los martillos y las palas; luego se abrió un cuadrado de luz por arriba. Una sombra apagó la luz al momento: un hombre bajaba por una cuerda.

Era evidente que esa mujer nunca había practicado

dejarse izar con un arnés. Estaba muy asustada y no dejó de rezar en todo el rato mientras el bombero le ponía las correas y la izaba hacia arriba. Pero Jakob me había enseñado que no había que tener miedo de un arnés. Así pues, cuando llegó mi turno, me lo dejé poner tranquilamente.

Llegué arriba después de unos cuantos tirones y bruscas paradas. Cuando salí por el agujero que los hombres habían excavado, me di cuenta de que Maya se encontraba allí. Salté a sus brazos en cuanto me quitaron el arnés del cuerpo.

El alivio de Maya se convirtió en alarma de inmediato.

—Oh, no, Ellie. ¡Tu hocico!

Maya me enganchó la correa y corrió conmigo hasta un coche de bomberos. Habló un momento con uno de ellos. Su voz sonaba urgente. El bombero se acercó a mí y entonces…, bueno, por si las cosas no estuvieran ya tan mal, ¡me dio un baño!

¡Un baño! ¿Es que no estábamos haciendo «trabajo»?

Estaba enfadada, pero me quedé quieta y sentada tal como Maya me ordenó. En realidad, fue más una ducha que un baño. El bombero me acercó una manguera y me mojó con agua fría toda la cara y el pelaje. Al principio, eso hizo que el hocico me escociera todavía más y me aparté, pero pronto noté que me calmaba la piel.

Después de eso, el «trabajo» terminó. Maya me llevó de paseo en helicóptero otra vez y, luego, en avión. Cuando llegamos al aeropuerto, me subió al coche y me llevó directamente a ver a un hombre que estaba en una habitación fría y blanca.

El hombre llevaba una bata blanca y olía a otros perros, a un jabón basto y a desinfectante. Ya había estado allí antes. Tenía una voz agradable y sus manos eran de un tacto delicado. Pero muchas veces me ponía inyecciones, así que no era mi persona favorita del mundo.

Me cogió la cara con las manos y me observó. Luego sacó un tubo de un recipiente y me puso una crema en el hocico. El olor de la crema era horrible, pero estaba fría y me produjo una sensación maravillosa, así que dejé que lo hiciera sin protestar.

—¿Qué era eso? ¿Una especie de ácido? —le preguntó a Maya.

—No lo sé. ¿Se va a poner bien?

Maya tenía la mano sobre mi cuello y me acariciaba el pelaje con delicadeza. Percibía su amor y su preocupación en el tacto de su mano y en el tono de su voz. Ojalá hubiera podido decirle que me sentía mejor. El hocico no me dolía tanto como antes. La crema había hecho desaparecer el escozor.

—Tendremos que vigilar que no aparezca infección —le dijo el hombre de la bata blanca—, pero no hay ningún motivo para que no se cure bien.

—Pero ¿podrá trabajar? —Su tono de voz aún sonaba preocupado.

El hombre meneó la cabeza.

—Tendremos que esperar y ver.

ϒ

Maya y yo no fuimos a hacer «trabajo» durante las siguientes dos semanas, aproximadamente. Cada día me ponía la crema en el hocico con delicadeza. A Emmet y a Stella esto les parecía extremadamente divertido; se sentaban en la encimera a mirar. Resultaba embarazoso dejar que los gatos me observaran de esa manera, pero Maya me decía que me estuviera quieta, así que yo la obedecía.

Pero a Tinkerbell... le encantaba esa crema. No comprendía por qué, pero, bueno, los gatos son raros. Cuando Maya terminaba conmigo, el pequeño gato gris y blanco salía de donde estuviera escondido y se ponía a olisquearme el hocico durante un buen rato. Luego se restregaba contra mí y ronroneaba.

Esto resultaba todavía más embarazoso que el público gatuno de la encimera. Yo me tumbaba con un suspiro. Tinkerbell se sentaba y me olisqueaba levantando y bajando su diminuto hocico. Al final incluso se enroscaba conmigo para dormir.

Eso era casi más de lo que podía soportar. Estaba impaciente por que Maya me dijera que era hora de ir a hacer «trabajo».

Al final, lo hizo. Cuando llegamos al parque, salté de inmediato sobre Wally y Belinda. Ellos también estaban emocionados: lo podía notar por sus sonrisas y por el tono de su voz.

—¡Me han dicho que eres una heroína, Ellie! ¡Buena perra!

Meneé la cola con fuerza al oír las felicitaciones de Wally. Todo eso, claro, era muy agradable, pero ¡lo mejor de todo era que íbamos a hacer «trabajo»!

Wally se alejó corriendo mientras Maya y Belinda se sentaban a una mesa de pícnic.

—Bueno, ¿qué tal os va a ti y a Wally? —preguntó Maya.

Me senté, pero me costó. Sentía la impaciencia en las patas: solo deseaba ponerme en pie y arrancar a correr. Si ahora íbamos a por Wally, lo encontraríamos de inmediato.

—Me llevará a conocer a sus padres el día cuatro, así que… —contestó Belinda.

—Eso está bien.

Gemí. Los seres humanos eran capaces de hacer cosas increíbles. ¿Por qué, pues, casi siempre se quedaban sentados y quietos haciendo palabras? Ni siquiera eran palabras interesantes como «busca» o «ven» o «camina» o «buena perra».

—Túmbate, Ellie —dijo Maya.

Esa tampoco era una palabra interesante. Me tumbé y solté un suspiro. Miré en la dirección en que Wally se había ido.

Maya y Belinda continuaron haciendo palabras poco interesantes. Finalmente, cuando ya estaba a punto de explotar de impaciencia, Maya levantó la cabeza y sonrió.

—Bueno, Ellie. Ya no puedes esperar más, ¿verdad, chica? ¡Busca!

Salí disparada. Era maravilloso poder correr, y esta vez Maya fue capaz de seguirme el ritmo. No había nada mejor en el mundo que eso.

¡Wally era mucho mejor que antes escondiéndose! Era raro. No podía detectar su olor por ninguna parte.

Inspeccioné la hierba y levanté el hocico buscando algún rastro de él. Ese día tampoco había muchos otros olores que me distrajeran, pero, a pesar de ello, era incapaz de detectar el conocido olor de Wally.

Corrí de un lado a otro buscando por la hierba y en el aire, dirigiendo el hocico hacia todas las corrientes de aire.

Nada.

Corrí de regreso con Maya para asegurarme de que todavía estábamos haciendo «trabajo».

—Busca, Ellie —repitió.

Noté cierta preocupación en el tono de su voz, pero no tenía por qué preocuparse. Yo era buena haciendo «trabajo». Me gustaba hacer «busca». Era solo que Wally había sido más listo de lo habitual, pero no podría engañarme mucho tiempo más.

Maya me dejó hacer «trabajo» durante un rato y luego me llamó. Nos trasladamos a otra zona del parque y lo intenté de nuevo. Hierba, nada. Arbusto, nada. Viento, nada. Wally no estaba por ninguna parte.

—¿Qué sucede, chica? ¿Estás bien?

Giré la cabeza, sorprendida. ¡Era Wally!

¿Cómo era posible? ¿Cómo podía haberse acercado Wally de esa manera? El viento me llegaba por detrás, desde donde estaba él. Y, a pesar de ello, lo había oído, pero no lo había olido. Me lancé hacia él y, por fin, noté el olor que había estado buscando. Luego corrí otra vez hacia Maya. Esta vez no hacía falta que la llevara adonde estaba Wally, pues ya estaba hablando con él.

—¡Parece que estamos disfrutando de una especie

de día libre! —dijo, levantando la voz, y mientras se acercaba a nosotros.

—Ya lo veo. Nunca había fallado. Eh, Ellie, ¿qué tal estás? —me preguntó Wally.

Me mostró un palo y estuvimos jugando un rato por la hierba, tirando de él.

—Maya, entretenla un momento. Me voy a ese puente, allí, por el mismo camino de antes. Dame unos diez minutos —dijo Wally.

—¿Estás seguro?

—Hace un par de semanas que está inactiva. Vamos a ponérselo fácil esta vez.

No vi a Wally alejarse, pero sí lo oí, a pesar de que Maya me había ofrecido el hueso de goma y ahora estaba (de esa manera tan de los humanos) intentando quitármelo. Lo oí y supe que se estaba escondiendo otra vez. Tiré con alegría del hueso y agité la cabeza para quitárselo a Maya. ¡Íbamos a hacer «busca» otra vez!

—¡Bueno, Ellie! —Maya me quitó el hueso de la boca—. ¡Busca!

Me alejé rápidamente, siguiendo la dirección en que había oído que Wally se alejaba. Subí una pequeña colina y me detuve sin saber muy bien qué hacer a partir de ahí.

¿Cómo lo hacía Wally? ¿Cómo podía esconder su olor? Ni siquiera la brisa me traía el más leve aroma.

Corrí otra vez hacia Maya en busca de consejo. Ella me llevó hacia mi derecha. Fui de un lado a otro, buscando.

Nada de Wally.

Maya me envió hacia la izquierda. De nuevo, ni

rastro de Wally. Corrí otra vez hasta Maya y la miré a la cara, excitada, pero también un poco ansiosa. ¿Me lo diría? ¡Teníamos que encontrarlo!

Entonces, algo se movió.

Fue solo una ondulación de la hierba, pero me llamó la atención. Salté, concentrada en ese punto. Wally se sentó. ¡Lo había conseguido! ¡Lo había encontrado! Pero no hacía falta ir a buscar a Maya: ella ya estaba allí.

—Esto no pinta bien, ¿verdad? —preguntó Maya—. El veterinario dijo que ya debería estar totalmente recuperada.

—Bueno, démosle una semana más, a ver si mejora —dijo Wally.

Por algún motivo, me pareció que estaba triste, así que le di un golpe en la mano con el hocico. Normalmente se alegraba mucho cuando lo encontraba. No sabía por qué esta vez era diferente.

Maya y yo hicimos «trabajo» unas cuantas veces más después de ese día, pero Wally, de alguna manera, continuaba engañándome. Disfrazaba su olor de tal manera que no podía localizarlo hasta que ya me encontraba casi encima de él.

Después, Maya dejó de ir al parque.

16

—¿*Q*ué significa que le han retirado el certificado a Ellie? ¿Quiere decir que perderás el trabajo? —preguntó Al una noche.

No soy una gran fan de los pies, pero permití que Al se quitara los zapatos y me acariciara la barriga con los dedos de los pies; no olían tan mal como de costumbre.

—No, pero me reasignarán. He estado en la oficina durante las últimas semanas, pero en realidad no estoy hecha para esto. Probablemente pediré que vuelvan a asignarme a una patrulla —respondió Maya.

Sin que Maya lo viera, Al dejó caer un pequeño trozo de carne en la alfombra, delante de mí. Ese era uno de los motivos por los que me gustaba sentarme delante de él durante las comidas, aunque eso supusiera tener que soportar sus pies. Lamí en silencio la carne mientras Stella me miraba mal desde el sofá.

—No me gusta pensar que estarás patrullando —le dijo Al a Maya—. Es muy peligroso.

—Albert —suspiró Maya.

—¿Y qué pasa con Ellie?

Al oír mi nombre, levanté la mirada. ¿Más premios? No. Al no me dio ningún trozo de carne más.

—No lo sé. Ya no puede continuar trabajando, su olfato está demasiado perjudicado. La retirarán. Vivirá conmigo, ¿verdad, Ellie?

Meneé la cola. Me gustaba la manera en que Maya pronunciaba mi nombre, aunque nunca dejara caer nada de su plato. Se notaba cuánto me quería en la forma de pronunciar esa sencilla palabra.

—Vamos a la playa —propuso Al—. No, deja los platos para después. Vamos, ahora que todavía hay luz.

—Llevemos a Ellie.

—Claro, nos llevamos a Ellie.

Al tendió una toalla sobre la arena. El sol descendía y la brisa se hacía más fría. Le pasó un brazo por los hombros a Maya y estuvieron hablando mientras las pequeñas olas rompían a sus pies.

—Es tan bonito —dijo Maya.

Había pensado que quizá querrían jugar conmigo con un palo, una pelota o algo, pero Maya no me había quitado la correa, así que no podía ir a buscar nada. Era una pena. No tenían nada que hacer.

Me llamó la atención notar que a Al le entraba miedo. El corazón empezó a latirle tan deprisa que yo podía oírlo, y también le olía el sudor de las palmas de las manos y la frente. Percibía claramente la tensión nerviosa que se había apoderado de todos sus músculos.

Miré a mi alrededor, ansiosa. ¿Qué iba a suceder? Me acerqué un poco a Maya, dispuesta a salvarla si hacía falta.

—Maya, cuando te…, cuando te trasladaste aquí… —dijo Al tartamudeando—. Hace muchos meses que quiero hablar contigo. Eres tan guapa.

Maya se rio.

—Oh, Al, yo no soy guapa. Venga ya.

Unos chicos pasaron corriendo por el agua mientras se lanzaban un disco de plástico. Los observé, alerta, por si resultaba que el disco de plástico era lo que ponía nervioso a Al. No parecía peligroso, más bien tenía pinta de que perseguirlo sería divertido.

—Eres la mujer más maravillosa del mundo —dijo Al—. Yo… te quiero, Maya.

También ella empezó a tener miedo. Apreté el hocico bajo su mano, por si necesitaba que la consolara. Siempre que hacía eso, ella me acariciaba, pero esta vez no fue así.

—Yo también te quiero, Al.

—Sé que no soy rico, sé que no soy atractivo… —dijo Al.

—Oh, vaya —exclamó Maya en voz baja.

El corazón también se le había acelerado.

—Pero te querré toda la vida, si tú me lo permites. —Al se arrodilló encima de la manta—. ¿Quieres casarte conmigo, Maya?

No fue mucho después de ese día cuando Maya, Mamá y todas las personas a las que solía ver en casa de Mamá se reunieron en un gran edificio blanco para, en silencio, verme hacer un ejercicio nuevo que Maya me había enseñado. Caminé muy despacio por un estrecho pasillo entre dos filas de bancos de madera, subí por unos escalones cubiertos por una alfombra y me senté, paciente, mientras Al sacaba una cosa de una pequeña cajita que había atado a mi lomo.

Maya susurró:

—¡Buena chica, Ellie!

Llevaba puesto un vestido largo y mullido, así que ya sabía que no íbamos a hacer «trabajo» después y que tampoco iríamos a correr al parque. Pero no me importaba, porque todo el mundo parecía muy feliz. Mamá, incluso, tenía lágrimas de felicidad. Debí de haber hecho ese ejercicio realmente bien, pensé mientras estaba allí sentada esperando, mientras Maya y Al y otro hombre con traje oscuro hablaban y hablaban.

Luego nos fuimos a casa de Mamá y los niños se pusieron a correr a mi alrededor y a darme trozos de pastel.

Poco después de eso, Maya y Al hicieron una cosa rara. Recogieron todo lo que había en casa y lo metieron dentro de unas cajas muy grandes. Luego hicieron lo mismo con las cosas de la casa de Al. No comprendía por qué necesitaban tantas cosas; yo me contentaba simplemente con mi cama y mi plato de comida. Quizá también ellos habían decidido que eso era lo único que necesitaban.

Pero resultó que no era así.

—¡Vamos, Ellie! —me dijo Maya el día después

de que cargaran todas las cajas en un gran camión—. ¡Vamos a dar un paseo en coche!

Me continuaba encantando ir a pasear en coche, aunque ahora ya no íbamos a hacer «trabajo». Salté al asiento trasero, pero Maya hizo una cosa que no comprendí en absoluto: salió de la casa con dos cajas grandes y luego fue a buscar una tercera. Cuando las hubo puesto en la parte trasera del coche, oí un aullido de miedo y de enojo procedente del interior. ¡Stella, Emmet y Tinkerbell estaban ahí dentro!

¡Los gatos no debían venir a dar paseos en coche! Los paseos en coche eran solo para los perros. Le ladré a Maya para hacerle saber que había cometido un error.

—Tranquilízate, Ellie. ¡Calma, gatos! —dijo Maya al subir al coche y cerrar la puerta—. Es un viaje corto. No os preocupéis. Pronto habremos llegado allí.

«Allí» resultó ser una casa nueva.

Me gustó la casa. Tenía un patio mucho más bonito que la otra. Y también había una cama grande que Maya compartió con Al. Eso no era justo: ¡ella nunca la había compartido conmigo!

Así que esa primera noche planeé algo. Cuando Maya y Al ya llevaban un rato en silencio, me acerqué sigilosamente a la cama y metí la cabeza debajo del edredón. Ninguno de los dos se movió. ¡Mi plan funcionaba!

Me arrastré un poco para que también mis patas delanteras quedaran debajo del edredón: ahora ya era solo cuestión de saltar para que también mis patas traseras entraran. Salté.

—¿Qué…? ¡Ellie! —gritó Al.

—¡Oh, Ellie! —Maya estaba enfadada, pero también se reía—. Oh, Al, lo siento. Ellie no había hecho esto nunca.

—Oh, bueno, deja que se quede. —Al alargó la mano y me rascó detrás de las orejas—. Pero ¡encima del edredón, Ellie! ¡Debajo de las sábanas no!

¡Por fin! Me enrosqué a los pies de Maya y ella encajó los dedos de los pies debajo de mí para mantenerlos calientes.

Sin embargo, después de unas cuantas noches, decidí que dormir en la cama grande no era tan divertido como me había parecido. No había mucho espacio, y los gatos no pillaban el mensaje de que debían quedarse en el suelo ahora que a mí se me permitía estar en la cama con Maya y con Al. Salté al suelo y decidí que prefería dormir en la alfombra, en el lado de Maya. De esa manera podría levantarme y seguirla en caso de que ella se despertara en medio de la noche y quisiera un vaso de agua o se fuera al salón a leer un libro.

Maya continuaba llevándome a dar paseos en coche. A veces íbamos a la playa a correr y, de vez en cuando, Al venía con nosotras. Pero le costaba seguir nuestro ritmo. Maya y yo íbamos también al parque a dar largos paseos. Pero empecé a comprender que ya nunca más haríamos «trabajo».

Seguramente, ya habíamos encontrado a todas las personas que necesitaban ser encontradas. Y quizá Wally y Belinda ya no quisieran jugar más. La verdad era que no lo comprendía. Echaba de menos lo de «busca» y la sensación de que Maya y yo hacíamos algo importante juntas. De que ella y yo éramos un equipo, tal y como lo habíamos sido Jakob y yo.

Pero si Maya no quería seguir haciendo «trabajo», supuse que ya no lo haríamos más.

Por eso me sorprendió el día en que, vestida con su uniforme, me llamó.

—¿Preparada para hacer «trabajo», Ellie? —preguntó.

Levanté las orejas. ¿«Trabajo»? ¿De verdad?

Corrí hasta el coche a tal velocidad que estuve a punto de hacer caer al suelo a Maya.

Pero una cosa me extrañaba. Maya estaba relajada, no estaba tensa. Sonreía, no estaba seria. Nunca había estado de esa manera ninguna de las otras veces. Me pregunté por qué sería.

Detuvo el coche delante de un edificio grande y me llevó hasta la puerta de entrada.

—Es una escuela, Ellie. Te va a gustar. Hay muchos niños, igual que en casa de mamá.

Maya abrió las grandes puertas y entramos.

En ese edificio había muchos niños, ¡muchos más que en casa de Mamá! Maya me llevó a una habitación grande y ruidosa en la que había un escenario y filas y filas de niños sentados en sillas. En cuanto me vieron, se pusieron a reír y a llamarme.

—¡Perrito! ¡Mirad el perrito!

—¿Puedo acariciarlo?

—¡Es muy bonito!

Maya y yo subimos las escaleras del escenario. Me dijo que me sentara, y lo hice. Alguien debía de haberles dicho a los niños que también se sentaran, pero ellos no lo hacían tan bien como yo. No paraban de moverse, de botar en las sillas y de ponerse de rodillas encima de ellas para ver mejor.

Una mujer subió y habló con los niños. No presté mucha atención a su voz, pues no la conocía bien.

Decía cosas como «escuchad atentamente», «portaos bien», «dadle la bienvenida». Entonces todos los niños se pusieron a aplaudir. El ruido me sobresaltó, y se rieron.

Meneé la cola. La alegría que veía en sus rostros y que percibía en sus voces me puso contenta, a pesar de que no parecía que tuvieran gran cosa que hacer allí.

Maya me hizo caminar hacia delante y, entonces, se puso a hablar con voz clara:

—Os presento a Ellie.

Levanté las orejas y miré hacia arriba por si iba a darme una orden.

—Es una perra de salvamento retirada. Como parte de nuestro programa de divulgación, hemos venido a contaros cómo Ellie ha ayudado a encontrar a niños que se habían perdido, y a deciros qué podéis hacer si alguna vez os perdéis —dijo Maya.

Ninguna orden. Me senté y bostecé.

Esperé una media hora mientras Maya hablaba. Luego me hizo bajar del escenario. Los niños se pusieron en hilera y se fueron acercando en pequeños grupos para acariciarme. Algunos me daban grandes abrazos; otros se apartaban un poco, temerosos. Una niña me ofreció tímidamente la mano, y yo se la lamí:

sabía a galletas saladas y a chocolate. Ella soltó un pequeño chillido y saltó hacia atrás, pero se rio.

Después de eso, Maya y yo hacíamos «escuela» muy a menudo. A veces los niños eran pequeños; a veces, mayores. Los pequeños me abrazaban más. Los mayores me rascaban detrás de las orejas. Cualquiera de las dos cosas me parecía bien.

En ocasiones, íbamos a otros edificios. Allí no había niños, sino gente mayor como Marilyn, que era una de las primeras personas a quien yo había encontrado. O íbamos a lugares que desprendían un fuerte olor a productos químicos. Yo ya no olía tanto como antes, pero esos lugares me recordaban el líquido que se me había metido en el hocico y que me había hecho tanto daño. No me gustaba ese olor, pero sí las personas. Estaban tumbadas en camas o sentadas en unas extrañas sillas con ruedas. Notaba que estaban tristes o enfermas, o que sufrían dolores. Pero parte de esa tristeza se disipaba cuando Maya hablaba con ellas y me acariciaban el pelaje.

No estaba salvando a esas personas, no exactamente. No estaban perdidas, aunque se sintieran un poco como si lo estuvieran. De alguna manera, era un nuevo tipo de trabajo. Lo cierto es que no lo comprendía del todo, pero Maya estaba allí y las personas estaban más contentas después de vernos.

Aquello me parecía bien. Para eso servía hacer «trabajo», para que las cosas fueran mejor.

17

Cuando no estábamos haciendo «escuela» o nuestro otro trabajo, Maya salía corriendo por la puerta por las mañanas y Al se reía. Luego Al también se marchaba. Y yo me quedaba en casa con aquellos estúpidos gatos.

Aunque ya no llevaba la crema en el hocico, Tinkerbell no me dejaba sola. Se enroscaba contra mi cuerpo mientras yo daba una cabezada en la alfombra que Maya había puesto cerca de su cama. La verdad es que resultaba embarazoso, pero puesto que nadie, aparte de Emmet y Stella, nos veía, dejaba que Tinkerbell se quedara conmigo. Notaba su pelaje vibrar a mi lado. Era una sensación cálida que me recordaba un poco a cuando mis hermanos y yo nos acurrucábamos con mi madre, tanto tiempo atrás.

Un día, Maya me llamó y yo salté al coche, dispuesta a hacer «trabajo».

—Mira esas nubes, Ellie —me dijo mientras conducía.

Meneé la cola, feliz por el simple hecho de oír que

me hablaba; saqué el hocico por la ventanilla. El aire era húmedo y dulce. Me encantaban esas mañanas. Los olores eran más fuertes de lo habitual, más como los recordaba de los viejos tiempos, de cuando todavía hacía «busca». Olí el asfalto, el humo de los tubos de escape, las patatas fritas de una tienda por la que pasamos, otros perros, personas.

Maya detuvo el coche delante de una escuela y corrimos al interior mientras empezaban a caer las primeras gotas de lluvia.

Esa vez no fuimos a una de esas grandes habitaciones en las que los niños estaban sentados y la voz de Maya retumbaba en las paredes, sino que nos dirigimos a un lugar más pequeño que llamaban «aula». Los niños estaban sentados en el suelo, encima de unas mantas. Parecía cómodo. No me importaría que quisieran que yo también me tumbara en una de esas mantas.

Mientras esperaba a que alguien me ofreciera una, me tumbé en la alfombra.

Maya justo había empezado a hablar cuando un súbito destello de luz iluminó todas las ventanas. Luego oímos el crujido de un trueno. Algunos niños dieron un respingo y chillaron como cachorros asustados. La lluvia caía en tromba. Levanté el hocico e inhalé profundamente, deseando que alguien abriera la ventana para dejar entrar los olores de fuera.

—Niños, sentaos —dijo una mujer que estaba cerca de Maya.

En ese momento se abrió la puerta del aula y entró un hombre que llevaba la chaqueta empapada. Una mujer venía con él. Me senté y los miré.

—Hemos perdido a Geoffrey Hicks —dijo el hombre.

Reconocí el tono de preocupación de su voz, la tensión en sus músculos, la alarma que ambos emanaban como si fuera una especie de perfume. Así era como estaban las personas cuando yo iba a hacer «trabajo».

—Está en primer curso —le dijo el hombre a Maya.

—Estaban jugando al escondite cuando empezó a llover —dijo la mujer—. La tormenta parece haber salido de la nada. Todo estaba bien y, de repente... —Se llevó una mano a los ojos, que se le habían llenado de lágrimas—. Cuando conseguí que todos entraran, vi que Geoffrey no estaba. Era su turno de esconderse.

—¿Podría el perro...? —preguntó el hombre, inseguro, mirando a Maya.

Maya me miró y yo me enderecé. ¿Era «trabajo»?

—Será mejor que llame al 911 —dijo—. Hace años que Ellie no ha trabajado en salvamento.

—Pero ¿la lluvia no borrará el rastro? Está cayendo con ganas —dijo la mujer, que se esforzaba por mantener la voz firme—. Me preocupa que cuando otro perro llegue ya...

Maya se mordió el labio.

—Por supuesto que ayudaremos a buscar. Pero deben llamar a la policía. ¿Dónde creen que puede haber ido?

—Hay un bosque detrás del patio de juegos —dijo el hombre rápidamente—. Hay una verja, pero los niños pueden levantarla. Saben que no deben hacerlo, pero a veces...

—Esta es su mochila. ¿Puede ayudar en algo? —preguntó la mujer, ofreciéndole una mochila de lona.

—Quizá sí. —Maya la cogió—. ¡Llamen a la policía! ¡Ellie, ven!

Me puse en pie de un salto y corrí tras ella por el pasillo. ¡Por fin! ¡Íbamos a hacer «busca» otra vez!

Maya se detuvo al llegar a la puerta. Fuera, la lluvia caía con fuerza.

—Qué manera de llover —murmuró. Noté que su energía nerviosa disminuía. Se arrodilló a mi lado. Percibí su preocupación y su tristeza, pero también su determinación—. Ellie, ¿estás preparada, chica? Toma, huele esto.

Inhalé con fuerza el aroma de la mochila de lona. Detecté olor de yogur de fresa, de migas de galleta, de papel, de lápices de colores y de una persona.

—Geoffrey, Geoffrey —respondió Maya—. ¿Vale? —Abrió la puerta y la lluvia entró al recibidor—. ¡Busca!

De un salto, salí en medio de la lluvia. Delante de mí había un trozo de pavimento oscuro y, detrás, un patio de juegos lleno de trozos de corteza. Corrí de un lado a otro con el hocico pegado al suelo. Notaba el olor de muchos niños, aunque los olores no eran fuertes y la lluvia empezaba a borrarlos.

Maya también estaba fuera y se alejaba de la escuela corriendo.

—¡Aquí, Ellie! ¡Busca aquí! —gritó para hacerse oír por encima del estruendo de las gotas de lluvia contra el suelo.

Recorrimos la distancia hasta una valla de alambre. Nada. Percibía el miedo y la frustración de Maya. Eso me ponía tensa. ¿Lo estaba haciendo mal? ¿Estaba siendo una mala perra?

Maya encontró un trozo de valla, al lado de un poste; la habían doblado dejando un agujero de forma triangular.

—¡Busca, Ellie! —ordenó.

Me puse a olisquear al lado de la valla, pero no encontré nada.

—Bueno, si hubiera pasado por aquí, lo hubieras olido, ¿verdad? Eso espero —murmuró—. ¡Geoffrey! —gritó—. ¡Geoffrey, sal! ¡No pasa nada!

No apareció nadie.

—Continúa intentándolo —dijo Maya en voz baja—. ¡Busca, Ellie!

Seguimos la valla hasta el patio de juegos. Nada. Un coche de policía se detuvo en la calle, al otro lado de la valla. Vi el destello de una luz roja que se abría paso entre la lluvia. Maya fue corriendo hasta él para hablar con el hombre que lo conducía.

Yo continuaba haciendo «busca». Seguí avanzando con el hocico pegado al suelo. Era difícil. No conseguía detectar gran cosa y la lluvia estaba haciendo desaparecer muchos de los olores. Pero yo sabía que, si me concentraba, podría aislar el olor de la mochila (el olor de Geoffrey) de todos los demás. Jakob me había entrenado. Maya había hecho «trabajar» conmigo. Ambos me habían enseñado cómo hacerlo. Y yo todavía era capaz de hacerlo, si no desistía…

¡Allí! Había detectado algo. Giré la cabeza y olisqueé con cuidado. Justo en el centro de la valla había un agujero, entre dos postes. Ninguna persona adulta hubiera podido pasar por ahí, pero Geoffrey lo había hecho. Percibí su olor en ambos postes. Era tan fuerte que la lluvia aún no lo había borrado del todo.

El niño se había ido del patio de juegos.

Regresé corriendo con Maya. Ella estaba hablando con el policía cuando llegué a su lado.

—Lo hemos intentado, pero no ha servido de nada. Ellie no puede…

Entonces Maya se giró y me miró, asombrada.

—¿Ellie? —dijo. La voz le salió en un susurro. Luego sonó más fuerte—. ¡Ellie, llévame!

En medio de la lluvia, corrimos de regreso hasta los dos postes. Maya miró a través del pequeño agujero.

—¡Vamos! —gritó, corriendo al lado de la verja en dirección a una puerta. La seguí—. ¡Ha salido del terreno de la escuela! ¡Está al otro lado de la valla! —gritó.

El policía salió del coche y corrió detrás de nosotras.

Maya abrió la puerta de la valla y ambas nos lanzamos a la carrera hasta los dos postes, pero por el otro lado de la valla. Allí se continuaba notando el olor de Geoffrey. Pegué el hocico al suelo. El olor no era fuerte, pero podía seguirlo. ¡Se había ido por ahí!

Entonces el olor desapareció. No habíamos dado casi ni dos pasos más allá de la verja. Me detuve y levanté el hocico al aire.

—¿Qué sucede? —preguntó el policía.

—Quizá se ha subido a un coche —dijo Maya, preocupada.

El policía soltó un gruñido.

Pegué las narices al suelo y di unos pasos atrás; entonces detecté el olor de Geoffrey otra vez. El rastro iba en otra dirección.

Maya soltó una exclamación.

—Lo tiene. ¡Lo tiene!

Corrí por la acera. Maya y el policía me siguieron. A nuestro lado, el agua se colaba a borbotones por un desagüe de lluvia. Salté a la calle y metí la cabeza en el agujero por donde el agua de la calle entraba en el desagüe. El agua transportaba todo tipo de olores con ella: a hierba, a tierra, a basura, a hojas muertas, así como el tenue olor de la misma agua. Pero los ignoré todos y me concentré en mi olfato. De ser necesario, podía introducirme en ese agujero para seguir el rastro. Pero no hacía falta. El olor de Geoffrey me llegaba con fuerza. Estaba justo delante de mí, aunque no podía verlo en la oscuridad. Era un buen escondite, pero había conseguido encontrarlo. ¡Lo había encontrado!

Miré a Maya.

—¡Está ahí! ¡Está en la alcantarilla! —gritó Maya.

El policía se sacó una linterna del cinturón y se arrodilló a mi lado, en medio de la corriente de agua, para iluminar el interior del agujero. Todos lo vimos al mismo tiempo: el pálido y asustado rostro del niño.

—¡Geoffrey! ¡No pasa nada, vamos a sacarte de aquí! —le dijo Maya levantando la voz.

Se había arrodillado en el suelo, empapándose el uniforme. Introdujo un brazo por el agujero intentando llegar hasta el niño.

Sin embargo, el agua entraba por el desagüe con fuerza y había empujado a Geoffrey hacia atrás. Estaba cogido al muro de la alcantarilla, al borde de un túnel negro que se abría detrás de él. El agua rugía a su alrededor y empujaba parte de su cuerpo hacia ese largo y oscuro espacio. Maya no conseguía alcanzarlo. El terror que Geoffrey emanaba era tan fuerte que casi cortaba la respiración. Gemí, ansiosa. No había terminado de encontrar a Geoffrey. Él estaba ahí, muy cerca de mí, pero no podía llegar hasta él. Maya tampoco podía. Me di cuenta de que ese «busca» no estaría completo hasta que el niño se encontrara fuera del agua.

El agua. Nunca me había gustado. Era lógico que no me gustara. Quizá fuera divertido salpicarse en el agua del mar cuando no era más profunda que mis patas o saltar a la bañera de Maya. Pero esa agua... Sabía que era peligrosa. Era mortal. Si no terminábamos de hacer «busca» pronto, Geoffrey podría resultar herido.

—¿Cómo se ha metido ahí? —preguntó el policía.

—Es un agujero pequeño. Debe de haberse colado antes de que empezara a llover. ¡Ahora cae con mucha fuerza!

Maya parecía frustrada.

Había una plancha redonda de acero en el asfalto, justo encima de la cabeza de Geoffrey. El policía la manipuló con las manos, intentando quitarla. Pero no podía.

—¡Necesito una palanca de hierro! —gritó.

Le dio la linterna a Maya y se alejó a la carrera salpicando todo a su paso.

Permanecí agachada junto al agujero del desagüe, justo al lado de Maya. En el interior, Geoffrey estaba empapado y temblaba de frío. Solo llevaba un fino impermeable amarillo; llevaba puesta la capucha, aunque no le servía de gran cosa.

—Aguanta, Geoffrey, ¿vale? —dijo Maya, que se inclinó hacia delante para que Geoffrey pudiera verla—. Aguanta. Vamos a sacarte de aquí, ¿vale?

Geoffrey no respondió. Su mirada, bajo el haz de luz de la linterna de Maya, parecía apagada, como si no la hubiera oído o como si no le importara lo que había dicho.

Oí una sirena. Al cabo de menos de un minuto, un coche patrulla giró por la esquina y frenó a nuestro lado resbalando un poco en el suelo húmedo. El policía saltó fuera de él y corrió hasta la parte posterior del coche.

—¡Salvamento está de camino!

—¡No hay tiempo! —gritó Maya—. ¡Está resbalando!

Maya tenía mucho miedo. Yo también. Bostecé y me puse a jadear. ¡Teníamos que sacar a Geoffrey del agua!

El policía sacó algo del maletero y corrió hasta nosotras. Llevaba una palanca de hierro en la mano.

—¡Geoffrey, aguanta! ¡No te sueltes! —gritó Maya.

El policía introdujo la palanca en la grieta de la plancha circular que había en el asfalto y se apoyó en ella con todas sus fuerzas. Maya se puso en pie para observar. Fui con ella.

El policía gruñía por el esfuerzo. Con un crujido, la plancha se levantó poco a poco. Al final, cayó al suelo con tal estruendo que me dolieron los oídos. En el lugar donde antes estaba la plancha redonda, ahora había un agujero que entraba directamente en la alcantarilla.

Geoffrey levantó la cabeza, sobresaltado por el estruendo de la plancha de hierro y por la luz que le llegaba desde arriba. Era tenue y gris, apagada por la lluvia, pero a él debía de parecerle muy brillante.

Un poco de barro cayó sobre la mejilla de Geoffrey, que levantó una mano para limpiarse.

—¡Geoffrey! ¡Sujétate! —gritó Maya.

Sin embargo, ahora el niño solo tenía una mano en la pared. Y con eso no era suficiente. El agua le empujaba con fuerza. Geoffrey nos miró un momento antes de verse arrastrado al interior del túnel.

—¡Geoffrey! —chilló Maya.

Por mi parte, continuaba haciendo «busca», así que no lo dudé ni un momento. No me gustaba el aspecto de esa agua negra, pero estaba arrastrando al niño. Tenía que seguirlo.

Me sentía aterrorizada. Pensé en mi sueño con aquel otro chico, con Ethan. Él se hundía en el agua. Luego, Jakob había hecho lo mismo. Ambos habían necesitado que los salvara. Y ahora sucedía lo mismo con Geoffrey. ¿Podría hacerlo?

Me lancé de cabeza al agua.

El túnel me arrastró detrás de Geoffrey.

18

El túnel estaba oscuro. Ni siquiera sabía en qué dirección nadar. Cuando conseguí sacar el hocico del agua, inhalé desesperadamente y tuve que expulsar tosiendo el agua que se me metía por la boca. Me rasqué la cabeza en la pared del túnel; luego el agua volvió a arrastrarme, luchando conmigo, haciéndome rodar y rodar.

Había luchado con Jakob, con Al, con Maya y con mis hermanos tanto tiempo atrás. Y había sido divertido. Pero esto no lo era. El agua me golpeaba y me arrastraba. No sabía hacia dónde iba ni si en algún momento podría nadar hasta la orilla.

Y el olor de Geoffrey también estaba allí, arrastrado de un lado a otro por el agua. De repente, lo captaba, pero rápidamente volvía a desaparecer. No obstante, sabía que se encontraba delante de mí y que luchaba en silencio por su vida.

De súbito, la corriente de agua me arrastró hacia abajo. Cuando pude volver a sacar la cabeza, me di cuenta de que también podía nadar. El túnel por el que nos habíamos visto arrastrados se había unido a otro más grande. La corriente ahora corría incluso más deprisa, pero, puesto que era más grande, había más espacio de aire por encima del agua.

Nadé con todas mis fuerzas en la dirección de donde me llegaba el olor de Geoffrey. No podía verlo, pero el olfato me decía que estaba cerca, quizá solo a uno o dos metros de distancia.

De repente, el olor desapareció. Supe que se había hundido.

Aquella vez en la que Jakob estuvo bajo el agua, yo me había sumergido para alcanzarlo. Eso había sido lo correcto. Él me había felicitado y me había dicho que era una buena perra. Debía hacer lo mismo por Geoffrey.

Inspiré profundamente y me metí bajo el agua nadando con fuerza. Aquella otra vez, había podido ver a Jakob por debajo de mí, pero ahora nada, ya que a los dos nos arrastraba la corriente. Me esforcé, con la boca abierta y sin ver nada. Entonces, de repente, lo alcancé. ¡Tenía la capucha del impermeable de Jakob en la boca!

Me empujé con las patas traseras y moví las delanteras como si cavara. Juntos, Geoffrey y yo, salimos a la superficie.

Lo oí toser mientras continuaba sujetando la capucha entre los dientes. Casi me ahogaba intentando escupir el agua que tenía en la garganta, sin abrir las mandíbulas. Pasara lo que pasara, no podía soltar a Geoffrey. No podía nadar en ninguna dirección que no fuera la que seguía la corriente. Lo único que podía hacer con las patas era mantenernos a flote para poder respirar. Al principio, Geoffrey intentó ayudar pateando con los pies, pero mientras éramos arrastrados por el oscuro túnel fue parando poco a poco. Su cuerpo se hundía en el agua, tirando de la capucha hacia abajo. Yo me esforzaba para evitar que nos hundiéramos, pero resultaba más y más difícil. Me dolían las mandíbulas y el cuello. Además, ya no podía mover las patas tan deprisa.

¿Cómo iba a salvar a Geoffrey? Lo había encontrado, pero eso no era suficiente. El agua nos iba a engullir a no ser que pudiera llegar a algún lugar seguro.

Pero ¿dónde podía encontrar un lugar seguro? Allí solo había la corriente de agua y el duro asfalto del túnel.

De repente, vi una tenue luz reflejada en las paredes del túnel y en la superficie del agua. Luz: eso era bueno. La luz quizás implicara sol, Maya y personas que nos podrían ayudar.

Se fue haciendo más fuerte. Un sonido fue creciendo con aquella luz. Era un rugido profundo y constante que resonaba en las paredes del túnel y que llegó a ser lo único que podía oír. Sujeté la capucha de Geoffrey con fuerza. Algo estaba a punto de suceder. Pero ¿qué?

La luz se fue haciendo más y más brillante a nuestro alrededor. De repente, salimos al día por el chorro de una cañería de cemento y caímos al rápido cauce de un río.

La fuerza de la caída nos sumergió bajo el agua, pero por suerte pude hacer pie en una cosa firme (quizás una roca) y me impulsé hacia arriba.

Geoffrey no podía ayudarme nada. Su cuerpo estaba inerte; la cabeza le colgaba a un lado y a otro con el movimiento de las olas. El agua me cubría la cabeza y se me metía por el hocico. Me esforcé por mover las patas más deprisa. Ahora estábamos al aire libre. Tenía que haber algún lugar seguro donde pudiera ir. Las dos orillas del río estaban cubiertas de cemento, de manera que la corriente nos arrastraba entre dos paredes inclinadas. Tiré de Geoffrey hacia una de ellas, pero la corriente luchaba contra mí intentando llevarnos a los dos al centro otra vez. El dolor del cuello y de la boca empeoraba. ¿Y si perdía a Geoffrey?

Entonces, unos destellos me llamaron la atención. Más abajo había unos hombres con chubasqueros y linternas que corrían hacia la orilla del río.

Pero eran demasiado lentos. Y el río corría muy deprisa. Geoffrey y yo seríamos arrastrados más allá de donde se encontraban antes de que pudieran sacarnos.

Me resistí al agua, que intentaba engullirnos hacia abajo: reclamaba a Geoffrey, pero ese chico era mío. Lo había encontrado y ¡no pensaba dejarlo!

Poco a poco, me fui acercando a la orilla por donde corrían los hombres.

Dos de ellos se lanzaron al agua. Iban atados con una cuerda que llegaba hasta los otros hombres que esperaban en la orilla. Los dos que se habían metido en el agua avanzaban, con el agua por la cintura, alargando los brazos para cogernos.

Pero no estaban lo bastante cerca. El agua nos arrastraría lejos de ellos.

No. ¡No, no pensaba permitirlo! Hinqué las uñas como si el agua fuera tierra y pudiera abrirme paso a través de ella. Moví las patas, me empujé y puse toda mi energía para llegar hasta los brazos de los hombres.

—¡Te tengo! —gritó uno de ellos en cuanto Geoffrey y yo chocamos con él.

Las personas de la orilla se esforzaron para soportar la tensión de la cuerda con nuestro peso. Nadie se cayó. Una de las que se encontraban en el agua me sujetó por el collar. El otro hombre sujetó a Geoffrey por la cintura y lo levantó por encima del agua.

Solté la capucha de Geoffrey. Sabía que ahora estaba a salvo. Lo había encontrado y lo había llevado con aquellas personas. Había hecho mi trabajo.

El hombre continuaba sujetándome por el collar y luchando contra la fuerza de la corriente con todo el peso de su cuerpo. Los de la orilla también tiraban. Finalmente, juntos, los cuatro salimos del agua y subimos a la orilla.

Yo fui la última en salir del agua. Al hombre que me había sujetado por el collar lo izaron hacia arriba, pero no me soltó. Cuando estuvo tumbado sobre el cemento, tiró de mí y yo arañé la dura pendiente con mis cansadas y doloridas patas hasta que, de alguna manera, estuve a salvo.

Caí en el maravilloso y sólido suelo, y expulsé todo el agua de la boca. Varios de los hombres se habían reunido alrededor de Geoffrey. Vi que uno de ellos le apretaba el pecho. Al final, el niño escupió una bocanada de agua marrón. Después se puso a toser y a llorar.

Me levanté, tosiendo, y suspiré. Parecía que mi trabajo todavía no había terminado del todo. Se suponía que las personas debían alegrarse de que las encontraran, pero Geoffrey no estaba contento. Cojeé hasta él; no tenía fuerzas suficientes ni para sacudirme el agua del pelaje.

Me dejé caer al lado de Geoffrey. Él se me tiró encima, abrazándome con las fuerzas que le quedaban. Me di cuenta de que estaba temblando. Pero el miedo empezaba a abandonarlo. Y el mío desaparecía con el suyo.

Geoffrey iba a ponerse bien. Yo había vuelto a hacer mi «trabajo». Era una buena perra.

Geoffrey continuó agarrado a mí mientras esos hombres le quitaban el pantalón, el impermeable y la camiseta. Después lo envolvieron con unas mantas.

—Te pondrás bien, chico, te pondrás bien —dijo uno de ellos—. ¿Es tu perrito? Te ha salvado la vida.

Geoffrey no respondió, pero levantó la cabeza y me miró a los ojos. Yo le di un rápido lametón.

—¡Vamos! —gritó alguien, y uno de los hombres apartó con cuidado las manos de Geoffrey de mi pelaje.

Cogieron al niño en brazos y corrieron con él cuesta arriba hasta llegar a la calle. En cuanto llegaron, lo metieron en una camioneta blanca que se alejó haciendo sonar la sirena.

Por mi parte, me quedé donde estaba. Las patas me temblaban del cansancio. Lo único que pude hacer fue levantar la cabeza para vomitar el agua del río que me había tragado.

Luego apoyé la cabeza sobre las patas delanteras y me quedé quieta bajo la lluvia.

Se oyó la sirena de un coche de la policía que se acercaba. Miré hacia arriba de la cuesta sin levantar la cabeza.

—¡Ellie! —gritó Maya.

Maya bajó la pendiente resbalando y arrastrándose hasta llegar a mi lado. Si quería jugar a tirar, tendría que esperar un rato.

Maya estaba empapada. Tenía las mejillas mojadas por la lluvia y las lágrimas. Me abrazó con todas sus fuerzas.

—Eres una buena perra, Ellie. Has salvado a Geoffrey. Eres una perra muy buena. Creí que te había perdido, Ellie.

Al cabo de un rato, Maya dejó de llorar y me ayudó a subir la cuesta sujetándome por el collar y diciéndome palabras amables. Luego me rodeó el lomo con los brazos y me levantó para subirme al asiento trasero del coche de la policía. Fuimos directamente a ese lugar del hombre de la bata blanca, que me inspeccionó desde la cabeza hasta la punta de la cola.

Pasé la noche allí, cosa que no me hizo muy feliz. Pero por la mañana regresé a la casa de Maya y de Al. Durante los siguientes días, tenía el cuerpo tan rígido que casi no me podía mover, pero todo lo demás volvió a ser normal.

Al cabo de una semana, Maya y yo hicimos «escuela» otra vez. Pero, en esta ocasión, la sala estaba llena de adultos y no de niños. Me senté en el escenario con la luz de los focos en los ojos mientras un hombre hablaba en voz alta. Me pregunté cuándo hablaría Maya y si los adultos también vendrían a acariciarme igual que hacían los niños. Pero me di cuenta de que esta vez el plan no era ese.

Cuando el hombre terminó de hablar, se acercó a

mí y me puso otro collar alrededor del cuello. ¿Por qué hacía algo así? Yo ya tenía mi collar puesto. Además, este otro era muy delgado y absurdo. Me colgaba del cuello, muy suelto, y tenía una pesada placa metálica que me golpeaba el lomo al caminar.

El hombre también le enganchó una cosa a Maya en el uniforme. Entonces, todos se pusieron a aplaudir. Ella se arrodilló a mi lado y unas luces todavía más brillantes destellaron a nuestro alrededor, como si fueran rayos sin truenos.

No fue tan interesante como hacer «trabajo» o como hacer «escuela». Pero percibí el orgullo y el amor de Maya cuando me dijo que yo era una buena perra.

Luego se puso en pie.

—Ven, Ellie. Tengo una sorpresa para ti.

Maya me hizo bajar del escenario. Todas las personas que nos habían estado mirando hasta ese momento estaban de pie y charlaban en pequeños grupos. Muchas de ellas se acercaban para hablar con Maya o para estrecharle la mano. Ella les sonreía, feliz, y continuaba hacia delante. Me mantuve a su lado.

Al final, se detuvo.

—Mira allí, Ellie. ¿Lo ves?

Miré por entre las piernas de las personas (casi todas cubiertas con pantalones azules). Entonces, de repente, comprendí por qué Maya me había llevado hasta allí.

Había un hombre de pie que llevaba un traje y una corbata; sonreía levemente. ¡Era Jakob!

Maya soltó mi correa y corrí hasta él. Jakob se agachó y me rascó detrás de las orejas.

—¿Cómo estás, Ellie? Mira cuántas canas que tienes ya.

Jakob se giró hacia una mujer que estaba de pie un poco por detrás de él y que llevaba a una niña en brazos. La cría parecía ser uno o dos años más joven que Geoffrey. Su sonrisa era más amplia que la de Jakob.

—Papá antes trabajaba con Ellie —dijo la mujer que la sujetaba en brazos—. ¿Sabías eso, Alyssa?

—Sí —dijo la niña, que empezó a revolverse en los brazos de la mujer para bajar al suelo—. ¡Quiero abrazar a Ellie!

—¿Puede hacerlo, Jakob? —preguntó la mujer.

—Por supuesto.

Alyssa corrió hacia mí y me abrazó. Me clavé en el suelo para que no me hiciera caer y le lamí la cara. Ella se rio, igual que Jakob.

Nunca lo había visto reír de esa manera.

Miré a Jakob. Estaba muy diferente de cuando vivía y trabajaba con él. Esa sombra que tenía en su interior había desaparecido.

—Me alegro de que estés con ese programa de divulgación —le dijo Jakob a Maya—. Una perra como Ellie necesita ese trabajo.

Al ver que Jakob se arrodillaba a mi lado y junto a Alyssa, y al oír la palabra «trabajo», moví la cola. Pero no detecté ninguna urgencia en el tono de su voz, ningún indicio de que estuviéramos a punto de hacer «busca» con nadie. Era solo que Jakob siempre hablaba de trabajo. Era su manera de ser.

Maya se había quedado a cierta distancia, correspondiendo a las sonrisas de la mujer que había tenido a Alyssa en brazos. Me di cuenta de que era la madre de la niña. Y de que Jakob era su padre.

Ahora tenía una familia y era feliz.

Nunca había pensado que pudiera estar perdido o que necesitara que lo salvaran. Había sido él quien me había ayudado a salvar a otras personas. Pero ahora parecía que alguien lo había encontrado a él.

—Tenemos que irnos a casa, cariño —le dijo la mujer a la niña.

—¿Puede venir Ellie? —preguntó Alyssa.

Todo el mundo se rio.

Era agradable estar allí con Maya y con Jakob. Me tumbé en el suelo, tan feliz que pensé que podría echar una cabezada.

—Ellie —dijo Jakob.

Se agachó, me cogió la cara con las dos manos y me miró a los ojos.

Sentir sus ásperas manos en mi pelaje me hizo sentir como cuando era un cachorro y aprendía a hacer «trabajo». Meneé la cola, golpeando el suelo con ella. Sabía que pronto regresaría a casa con Maya, que mi lugar y mi trabajo estaban ahora con ella. Pero todavía sentía un gran amor por ese hombre.

—Buena chica —dijo Jakob con amabilidad, y detecté cariño en el tono de su voz.

Me daba cuenta de que Jakob quería a Alyssa y a la madre de la niña. Y, por primera vez, noté que también me quería a mí.

—Buena perra —me dijo Jakob—. Ellie, eres una buena perra.

Más información sobre los perros de salvamento

*E*llie es una perra de salvamento. La han entrenado para encontrar a personas que se han perdido. En la vida real, los perros como Ellie hacen este tipo de trabajo cada día. Los entrenadores como Jakob y Maya trabajan mucho para entrenar a sus perros (y a sí mismos) para hacer todo lo necesario y poder salvar a personas que están en apuros.

¿Qué clase de trabajo hacen los perros de salvamento?
Algunos perros de salvamento encuentran personas vivas; otros encuentran personas que han muerto. Algunos se entrenan para trabajar en el bosque; otros para realizar rescates en el agua. Otros encuentran personas que se han quedado atrapadas en un edificio en ruinas o que han resultado heridas en alguna catástrofe. Ellie ha sido entrenada para encontrar a personas vivas.

¿Qué debe saber hacer un perro?
Un perro de salvamento debe aprender a obedecer las órdenes de su entrenador, a seguir el rastro de la persona y a hacer saber a su entrenador que ha encontrado algo importante. Algunos perros ladran para avisar a sus entrenadores; otros utilizan el lenguaje corporal, como el ángulo de las orejas o la tensión

de su cuerpo. El perro también debe saber trepar, mantener el equilibrio en superficies inestables, arrastrarse por el interior de un túnel y aprender a relajarse cuando viaja en coche, camión, avión, helicóptero y hasta en barcos o teleféricos, según el tipo de rescate que esté realizando.

¿Qué perros pueden ser perros de salvamento?

No hace falta que sea de una raza determinada para ser un perro de salvamento. Casi cualquier raza, o una mezcla de razas, puede desempeñar este trabajo siempre y cuando tenga la fuerza suficiente. El perro de San Huberto es especialmente bueno en seguir un rastro. El San Bernardo es experto en trabajar en la nieve. El tupido pelaje lo mantiene caliente, y la fuerza de sus patas y el tamaño de sus pies le permiten avanzar en la nieve. El terranova es un buen nadador y tienen un gran instinto para el salvamento acuático (¡a veces incluso intentan «salvar» a nadadores que no quieren ser rescatados!). El labrador retreiver, el pastor belga malinois, el border collie, el golden retriever y el pastor alemán (como Ellie) también suelen colaborar en los rescates.

Cuando los entrenadores buscan un cachorro que pueda convertirse en un buen perro de salvamento, una de las primeras cosas que miran es cómo juega. Jugar es el trabajo de un cachorro. Un perro joven que juegue durante mucho tiempo con una pelota o un juguete sin cansarse, sin distraerse o sin irse a hacer otra cosa puede convertirse en un buen perro de salvamento. Un cachorro que dirija toda su energía en el juego puede crecer y convertirse en un perro que dirija toda su energía en el trabajo y que no desista hasta haberlo cumplido.

Cuando Jakob juega con Ellie y con los otros cachorros de la camada, en realidad está intentando averiguar cuál de ellos puede convertirse en un buen perro de salvamento. Ellie le demuestra a Jakob que es lista, que sabe concentrarse y que desea obedecer sus órdenes. Por eso la elige.

¿Cómo se entrena a un perro para hacer el trabajo de salvamento?

Al principio, el entrenamiento consiste en el juego del perro. Un perro al que le guste jugar se tomará el entrenamiento como un juego más. Es posible que lo primero que aprenda sea encontrar a su dueño. El dueño se aleja, normalmente con el juguete favorito del perro, para que este vea que se marcha. Luego se permite al perro que vaya a buscarlo. Cuando el animal encuentra al dueño, este juega un rato con él para demostrarle lo emocionado y contento que está. ¡El objetivo de este primer entrenamiento es conseguir que, para el perro, encontrar a personas sea maravillosamente divertido!

Cuando el perro ya ha aprendido a encontrar a su dueño y lo hace bien, empezará a hacerlo con otras personas. Las personas se esconden cada vez en sitios más difíciles de localizar para comprobar si el perro puede encontrarlas. Cada vez que el perro encuentra a alguien, esa persona se muestra feliz de que la haya encontrado y juega con el perro como premio. Este es el tipo de entrenamiento que está haciendo Ellie cuando cree que está jugando a encontrar a Wally.

El perro también debe aprender a trepar y a mantener el equilibrio para que luego pueda avanzar con confianza sobre cualquier superficie. Algunos perros (como Ellie) aprenden a dejarse poner un arnés especial para ser izados con una cuerda para poderlos bajar por un barranco, un agujero, una grieta o, incluso, para poder transportarlos en helicóptero. El perro que realice salvamentos acuáticos debe aprender a nadar seis kilómetros y medio en mar abierto.

Entrenar a un perro de salvamento requiere hasta dos años. El perro y su entrenador continuarán entrenando y practicando mientras estén trabajando.

¿Qué clase de entrenamiento debe realizar el entrenador?

¡Ha de entrenar mucho! Además de aprender a trabajar con el perro, los entrenadores deben dominar algunas habilidades como proporcionar primeros auxilios (a personas y a perros), leer mapas, utilizar una brújula, sobrevivir en la naturaleza y proteger una escena del crimen entre otras cosas. También deben estar en forma físicamente para poder seguir el ritmo cuando el perro corre siguiendo el rastro de una persona por la naturaleza, si hace falta.

¿Quién puede ser entrenador de un perro de salvamento?

Los policías y los bomberos pueden someterse a un entrenamiento especial para trabajar con perros de salvamento. Algunas personas también se ofrecen voluntarias para entrenar a sus perros y ayudar en los rescates. Estas personas tienen otros trabajos, pero llevan a sus perros cuando alguien se pierde o si se produce una catástrofe en la que las personas necesitan ayuda.

¿Cómo encuentran a las personas los perros de salvamento?

¡Con el olfato! El olfato de un perro es un millón de veces más sensible que el de un ser humano. Un perro puede seguir el rastro en el aire o en el suelo. En los dos casos, huelen lo mismo: pequeñas partículas de aire y de piel que son demasiado pequeñas para verlas a simple vista. Las personas pierden pequeñas porciones de cabello y de piel todo el día sin saberlo. Los perros pueden detectar ese rastro y seguirlo hasta encontrar a la persona que buscan.

Para un perro es más fácil seguir el rastro en un día húmedo y sin mucho viento, cuando el suelo está un poco más caliente que el aire. Los trocitos de cabello y de piel se quedan en el suelo durante mucho tiempo en días así. Por suerte, Geoffrey se queda atrapado en la alcantarilla en un día húmedo. Eso significa que a Ellie le resulta más fácil detectar su olor (a pesar de tener dañado el olfato) que si todo hubiera sucedido en un día cálido y seco…, siempre y cuando lo encuentre antes de que la lluvia haga desaparecer todos esos trozos de piel y de cabello.

¿Mi perro podría ser un perro de salvamento?

La mayoría de los perros inician el entrenamiento cuando tienen un año de edad o menos. Así pues, si tu perro ya tiene unos cuantos años, es probable que no se convierta de repente en un perro de salvamento. Este tipo de perros deben trabajar con entrenadores adultos; el entrenamiento es duro y el trabajo puede ser peligroso. De todas formas, quizá decidas que quieres entrenarte y entrenar a tu perro para hacer trabajos de salvamento.

¿Dónde puedo saber más cosas sobre los perros de salvamento?

¿Quieres aprender más cosas sobre perros como Ellie? Aquí tienes algunos lugares por donde empezar:

PÁGINAS WEB

American Rescue Dog Association: www.ardainc.org
Federal Emergency Management Association: www.fema.gov/urban-search-rescue
National Association for Search and Rescue: www.nasar.org
Asociación Nacional de Grupos del Perro de Salvamento: http://www.angps.org/
Unidad Canina de Salvamento: http://www.grem.es/
Unidad Canina de Búsqueda y Rescate ACATH: https://www.acath.org/unidad-canina/
Perros de búsqueda: https://www.perrosdebusqueda.es/

LIBROS

Search and Rescue Dog Heroes, de Linda Bozzo.
Mountain Dog, de Margarita Engle.
Search and Rescue Dogs: Expert Trackers and Trailers, de Elizabeth Ring.
Curso básico de rescate y salvamento canino. Método Medcart, de Francisco Javier Sánchez-Molina Verdú.
El nuevo libro del perro de salvamento: formación método Arcon, de Jaime Parejo García.

ESTE LIBRO UTILIZA EL TIPO ALDUS, QUE TOMA SU NOMBRE

DEL VANGUARDISTA IMPRESOR DEL RENACIMIENTO

ITALIANO, ALDUS MANUTIUS. HERMANN ZAPF

DISEÑÓ EL TIPO ALDUS PARA LA IMPRENTA

STEMPEL EN 1954, COMO UNA RÉPLICA

MÁS LIGERA Y ELEGANTE DEL

POPULAR TIPO

PALATINO

LA RAZÓN DE ESTAR CONTIGO.

LA HISTORIA DE ELLIE

SE ACABÓ DE IMPRIMIR

UN DÍA DE PRIMAVERA DE 2019,

EN LOS TALLERES GRÁFICOS DE LIBERDÚPLEX, S.L.U.

CTRA. BV-2249, KM 7,4, POL. IND. TORRENTFONDO

SANT LLORENÇ D'HORTONS

(BARCELONA)